了不起的
郝大小

周婉京 著

团结出版社

图书在版编目（CIP）数据

了不起的郝大小 / 周婉京著. —— 北京：团结出版社，2020.8
ISBN 978-7-5126-7845-3

Ⅰ．①了… Ⅱ．①周… Ⅲ．①长篇小说－中国－当代 Ⅳ．①I247.5

中国版本图书馆CIP数据核字(2020)第063919号

出　版：团结出版社
　　　　（北京市东城区东皇城根南街84号　邮编：100006）
电　话：(010) 65228880　65244790　（出版社）
　　　　(010) 65238766　85113874　65133603（发行部）
　　　　(010) 65133603（邮购）
网　址：http://www.tjpress.com
E-mail：zb65244790@vip.163.com
　　　　fx65133603@163.com（发行部邮购）

经　销：全国新华书店
印　装：三河市东方印刷有限公司

开　本：140mm×210mm　　32开
印　张：7.875
字　数：138千字
版　次：2020年8月　第1版
印　次：2020年8月　第1次印刷

书　号：978-7-5126-7845-3
定　价：39.80元

（版权所属，盗版必究）

目录

- 001　郝大小
- 008　僧金并
- 014　男朋友
- 020　无花果
- 025　吃西瓜的人在吃面
- 030　黑白之间
- 036　南洋海风
- 042　我现在臭了
- 048　绿茶婊
- 055　BARBERSHOP
- 062　AVEC TOI
- 068　秀场前排

075	下只角
081	一场派对
090	是什么将雨与伞联系到一起
093	摄影人心
100	郝亮
108	躲在暗处的人
114	做回袁小馍
119	一只银色的发卡
125	有那么片刻我就是知道
133	吃伐消你
140	上海之巅
146	姐姐姐姐
152	密林深处

159	黄鱼煨面
166	绸缎绉乔纺绡宫
172	时代在召唤
179	你的戒指呢
187	MOSea
194	小灰
203	姚秘书
208	独角兽之战
215	巴黎春天
221	大秀开场
228	蓝色火焰
233	离找到她还有一晚
238	后记：半部之后 半部之前

郝大小

"郝大小",她的名字就是通行证,从夜半到黎明,有她的地方就有光。

我叫袁小馍,这是我的故事。但我在开口讲我的故事之前,我想先讲郝大小的故事。她曾经是我最好的朋友。在上海,只要是出门社交的人都认识郝大小。即便她消失了这么久,你现在去夜场报她的名字,无论是东湖路的 LE BARON 还是襄阳北路的 ALL CLUB,黑人保安还是会咧着嘴笑盈盈地请你上楼。

"郝大小",她的名字就是通行证,从夜半到黎明,有她的地方就有光。这么说并不是夸张,想她的时候会让我觉得自己正在看一朵鸢尾花在低垂的树枝下顺水漂流,一边回想、审视着与她的最后一次相见。我记不清了。这让我不得不把记忆强行拉回到头一次相见。两次印象之间的酸甜苦辣个中滋味都被愉快厚厚地遮住了,但这愉快却又那么短暂,短暂到于事无补。

那天天气很热,我躺在泳池旁唯一一把有阳伞的折叠椅上睡觉,她跳到我身旁的椅子上发出了"咔嚓咔嚓"的声响,搞得我不得不摘下太阳眼镜,没好气地瞪了她一眼。她穿了一件黄色短袖的针织衫,一条男孩子才会穿的过膝牛仔短裤,细细的胳膊和小腿被她蜜黄色的肌肤裹了起来,在泳池泛着淡淡氯气味道的反光中,她是那么明媚耀眼。

"她可真好看啊,嗯,看她的轮廓,她一定不是中国人,但她的眉眼过于精细,又不像个外国人。"这是我当时心中所想。女人见了比自己更美的女人,最美的那种会让你忘掉妒忌。你来不及拿自己跟她比,就被突如其来的艳羡所征服。她太美了,尤其是在看到我摘下眼镜目不转睛地看她时,毫不畏惧,反而伸出手来跟我握手,她眨着混血儿才会有的栗色长睫毛,微微张开她樱桃色的鲜亮大嘴,"Hey(嘿),我是郝大小!"

"哦,嗨。"我没说我叫什么,我应该告诉她的,可我当时愣是没说。"你好。"我的表述能力像是被一阵疾风掐断了的电线，令我的话在风雨中飘摇。

"一个人？"她眨着眼问我。

"对。"我说。

"介意我坐你旁边吗？"说这话的时候，她已经坐在我身旁了。

"好吧。"我说。

"你对陌生人从来都是'Say Yes'（说好）吗？那你可要小心喽。"她在笑，离门牙大概两厘米远的地方，左边，她长了一颗特别可爱的小虎牙。

"来这里的都不是什么陌生人，不都是为了这次年度互联网交流大会来的吗？"我说，我依旧在看她，她的虎牙。

"所以你也是一个网红？"她好奇地问。

"我微博没有那么多粉丝，但我偶尔会发一些街拍什么的，有个代理网红的公司请我来，我不知道他们要干嘛，反正有饭吃有地住。在这里，时间比上海过得慢，每一天都像星期天，睡到自然醒。权当是度个假，不是挺好的吗？"我说着从躺椅上站了起来。

"哪间公司？"她问，这时她已经不笑了，正经起来像是一座罗马时期的女神塑像。

"心怡影视，我用'天眼'查了查他们的法人，好像是个外国人，但其他的资料全都查不到。我怀疑它是个皮包公司，也有可能帮人洗黑钱，或者甚至贩卖人口什么的，我外婆说她那个年代就有这样的南洋公司，专门招女工，骗上船后一艘艘地卖到南洋妓院。所以心怡影视的人一连几天约我去酒会，我都找理由推了。今天是最后一天，晚上我就回上海了，终于，安全。"我说。

"你住在上海？"她问。

"你呢？"我反问道。

"我是哪里人不重要，我是个没用的闲人。但我可以陪你一会。"她清清嗓子，又旁敲侧击道："为什么不想当网红？网红有什么不好吗？"

"肤浅，至少她们看上去不够聪明。"我嘟囔着说。

"那你看我呢？我算聪明吗？"她问。这种人问你她聪不聪明的时候，其实是想要详细跟你吹嘘她是怎样一个聪明的人。

"哦，还行。"我回答道。说完后，我猛地转身，刚想要甩开她，却差点撞到她身上，"所以……你是网红？"

"你说是就是，不是就不是。"她赶紧迈开两条筷子般纤长的腿，闪到一边，"你真的对人不设防耶，你好有趣，I like you（我喜欢你）。"

她的虎牙又出现了，笑着凑近了看我，在她的嘴距我的嘴大概几厘米，总之在很近很近的地方，她停下了。

我往后一躲,快速地环顾四周然后说道:"天气真不错!你……也很有趣。"

她继续往前凑近,轻轻对着我耳语说:"心怡是我的大名,就是你查的那个心怡公司的'心怡'。可我还是Prefer(愿意)你叫我'郝大小'。"

郝大小想让我大吃一惊,她想让我马上喜欢上她,但她同时又讨厌任何轻易喜欢上她的人。后来,她告诉我,她才是那个不懂得设防的小孩,出生在一个家里混居了盎克鲁撒克逊人、犹太人、爱尔兰人、中国人的大家庭里,每次新年要按照不同地区和宗教的习惯过四次,这已经让她懒得设防了。而且,她也不需要再防着任何人了,她跟我一样是由祖母带大的,她奶奶死后,她成了Harley家族唯一的继承人。

"你算过你的身家到底有多少钱吗?"我问过她这个问题。

"如果这个岛能卖的话,我应该……差不多能买下它。"她说。她故弄玄虚地眯起眼睛,开始说她小时候的故事,一些在岛上生活的原始野人的体验。她在会开口说话之前就懂得造竹筏,木筏也会,她说她的手之所以这么宽大就是因为从小就跟着祖母做这些粗活。她家人在世界各地都拥有小岛,包括加勒比海、斯里兰卡、意大利南部、法属加纳利群岛,她的小竹筏曾在这些地方都有过短暂的停留。"我小时候一直没有海和陆地的概念,我以为一切都是海。陆地上我们能看到的只不过是幻景,等到潮落之后,海的那部分真东西总会浮出水面。我奶奶跟你外婆有一点像,她总是告诉我什么危险,不要去做什么,然后我就只做这些危险的事。她教给我的其他事,我全都没往心里去。"

我才反应过来,她说的她能买下的"这个岛"是指海南岛。惊讶之余,我竟然觉得对她而言也是理所应当。一个没有家人的人,买什么不都任凭自己开心吗?她带我去了酒店后山的一片私人海域,我问她为什么她知道这里,她几乎也用不着隐瞒什么地告诉我:"这座山都是我家的,"她说这话时没有什么不屑,不掺任何情绪,"嗯,你住的酒店也是。"

她开口讲述的故事,无论多长,都能够快速让人身临其境,沉醉其中。

我们伸开四肢,在空无一人的银色沙滩上并排摆了两个"大"字。我们枕着微凉的晚风,头顶是洒满了夕阳的椰子树。她将光滑的双臂放到脑后,露出白嫩的腋窝,她全身上下几乎只有这个地方和眼睛(因为戴太阳眼镜的缘故)没被晒黑。她哼着里奥纳德·科恩的歌,这是她奶奶最喜欢的一首。她唱到一半时,忽然停下来问:"你说,世界上真有这么一块地方,完完全全属于某个人吗?"

"我是无产阶级,我没办法回答你们这些地主才应该回答的问题。"我说。

"如果海洋可以完完全全属于我,那我就可以限制你、限制任何人,不让他们进入我的领地。"说着,她似乎想起了童年时在意大利南部童话般的海岸上玩的游戏,她和奶奶两个人的捉迷藏。

"那我们怎么称呼它呢?你总要给你的海洋起个名字。"我问。

"你叫什么名字?"她说。

"袁小馍。"我说。

"那就叫它'馍海'吧!我觉得你的名字够酷,特别合适。"郝大小回答,她起身向海岸线走去。

当她的脚触到海水的时候,她已经脱光了衣服,一丝不挂。

僧金并

> 在我身上坚硬的东西，在她身上变得柔软，我坚信的东西，她却可以玩世不恭地甩开，一概不相信。

郝大小有个毛病，她喜欢一件东西的时候就疯狂地喜欢，我从没遇到任何一个人可以像她那样恣意而且热烈。她喜欢你，就要让全世界都知道。她会牵着你站在静安寺最繁华的十字路口，冲着斑马线上每一个迎面走来的人说："你知道吗？袁小馍超棒的！"那些路人不是瞪着眼像看神经病一样看她，就是笑着摇摇头，他们笑大概是因为郝大小的颜值太高了吧。这么一个漂亮女孩在街头发一小时的神经，我要是路人的话，笑一笑也不亏。

郝大小见我笑了,她的笑变得更加狷狂,她拽住一个拎着菜正要往芮欧百货去的阿姨,用特别不顺溜的上海话跟人家搭讪说:"她笑起来有两个梨涡,非常漂亮,侬讲对伐?"老阿姨理都没理她,对着她脚底下的吉娃娃说了一句"快走",等到完完全全甩开了路中央的我们,她才转过头来朝着我们啐了一句,"侬格僧金并!"郝大小拿胳膊肘戳戳我,"说你呢,僧金并。"我白了她一眼,"人家说的是你,你上海话讲得外星人都听不懂。"

我那时不知道郝大小对我的喜欢可以持续多久,但我有一种感觉,任何浓烈的东西都会快速地消散,就像烈酒。郝大小从不喝酒,但第二次见她,她就拉着我赴一个酒局,是Prada的时装发布会,在陕西北路的荣宅举办。我没听说过"面粉大王"荣宗敬的大名,也对Prada这个品牌一无所知。我唯一知道的就是,在这个地段有这么大一个民国派头的花园洋房,豪,这个洋房被Prada基金会买下了,很豪。说实在话,我对这种进门就要与人相互打量、比较、攀附的活动没有丝毫兴趣,我不是那种喜欢发"名人合影"的网红。再者说,我也不承认我自己是个网红。我的那些粉丝绝不会成为这里的常客,我也不必担心被人认出来。他们就是普通人,我可能比他们还普通。普通与普通惺惺相惜,才让他们关注了我的微博,顺带着到我开的淘宝店和微店里帮衬我。所以,我时常好奇郝大小为什么会在我这么一个出身白徒、样貌平平、大学都没考过的女孩身上花这么多功夫。

她说,她这么做是为了"生意"。可我能给她招揽什么生意呢?就在我百思不得其解的时候,我已经被她带进了荣宅的侧门,一个VVVIP专属的进出通道。郝大小带我从这个门进,倒不是为了向我炫耀她的特权(她并非一个喜欢炫耀的人),也不是为了跟几个当红影视小花擦肩而过。她拉着我的手快速把我拽进化妆间,在一群裸着上半身或下半身的超模中间,她双手把我按在一张有年代感的藤条椅上。她不知道从哪里找来的助手,两个扎高马尾的黑衣女子并排站好,一个帮我换上衣,一个帮我脱鞋,令我马上抵触着嚷道:"不用不用,我自己可以的!"可她们速度太快,没等我的身体做出拒绝的反应,我已经被套上当季的Prada新款吊带薄纱斗篷裙,适合我尺码的红底高跟鞋也已经放到我的脚边。

"太高了吧,这我怎么穿?"我说。

"高吗?你裙子拖地,最好穿个高一点的,不然我怕你摔倒。"郝大小说。

"那你给我找一条裤子不好吗?我不习惯穿成这样。"我说。

她没有理我,转而问那两个马尾辫说:"高吗?你们觉得呢。"

"不高。"她们附和着说。

"那你为什么穿平底鞋配白衬衫？己所不欲，勿施于人。这个道理你懂的吧？"我扭过头故意不看她。说实话，我有点生气。

"馍海，海馍，"她把头卧在我的双膝上说。她的手轻轻拨弄我纱质的裙摆，我能感受到她脑袋与指尖的温度。她看我还是不理她，接着仰起头来凝视我，那眼神是任何人都难以抵御的，小猫撒娇一样的样子。直到我嘴角有了笑意，她眨着明亮的双眸问我："你那么美，为什么不穿美一点？你每天就把自己缩在这套灰不拉几的布裙子里，你不难过吗？还有，你看她们……"

我环顾了一圈周围的超模，"嗯？"

"你不是说过网红肤浅吗？我深表认同。喏，华丽的长裙也遮不住横在她们目光中的空虚。"她瞥着她们说。

我不知道她从哪学来的这些话，偶尔出口成诗的本事不太像她这个年纪的女孩会有的本领，她说她比我还不爱学习，高中肄业，从意大利回国之后就开始"混社会"。她的"混"在常人眼里是那么遥不可及，不是所有人一生下来就有几百亿的家产等着她打理。可郝大小跟我认识的其他富人不同的一点，她不会把自己的富有说得天花乱坠，或者说她毫不享受自己享受消费这件事。她奶奶从小带她住在不超过一百平方米的房子里，从不买新衣服，也从不开灯，她们用的是露脊鲸油灯和蜂蜡做成的蜡烛，那种18世纪欧洲人才会用的玩意。按照她奶奶的说法，人过了20岁就没必要臭美了，要把时间花在欣赏世界上。

"那你奶奶岂不是到老还在穿自己少女时的衣服？"我问。

"她从来不觉得自己老了。"她拿起我穿来的那条灰布裙，套在她自己身上。

然后，她用一只手捂住眼睛，跳起一段独脚舞来。我的问题恰好解答了郝大小为什么喜欢我。她说我身上有种惊世骇俗的气质，我却说为什么偏偏要"骇俗"，俗人有什么好"骇"的？她又说我像她奶奶，所以她觉得我格外亲切。我跟她奶奶一样不爱买漂亮衣服，所有衣服都是自己亲手缝制。她看不上的那条皱巴巴的灰裙子是用我家的窗帘改的，我自己做的第一条裙子。也是因为在微博上发布了这条裙子，我开始有了我第一批的几千个粉丝。正是这种朴实，让我开始跟她接触之初总感到局促。

我跟她不同，我什么都没有。开网店卖衣服的钱，刨去原材料、加工费和运费，剩下的将将够支付外婆的医药费和应付日常开销。在上海这么多年，我还是乐呵呵地过着一种捉襟见肘的日子。而郝大小呢，她早早占有财富。在我身上坚硬的东西，在她身上变得柔软，我坚信的东西，她却可以玩世不恭地甩开，一概不相信。我知道，除非我生来就是富人，否则我很难完全理解她。就是这种念头让我始终跟她保持着距离。她那么完美，可我却那么平凡。如此平凡的我，会不会成为她好奇心驱使下的一个玩具？

就在我想着这一连串问题的时候，她跳着舞转到我身边，目光灵敏，体态轻盈，她穿着我那条灰裙子飘展起来，拉着我一起升到这百年老宅的拱顶，再从这城市的上空盘旋着打转。梦就在我们的头上跳舞，我们站在梦的肩膀，飘然落下，变成两片孤独的地图。

男朋友

他狼吞虎咽地吃着,就像好几天没吃过饭似的。我坐下要了一杯水,胡撸了一下他的头。头很油。我马上尴尬地收回了手。

我们的第三次见面是在虚拟空间。她在微博和 Instagram 上同时发了我的照片,写道"土味の超模奶奶",并且艾特了我。这是我第三次见到她吧,她的微博头像是一艘宇宙飞船,上面载着一个铁球。"不,那是迪厅的 disco ball(迪斯科球),你不懂了吧?"郝大小在电话那头告诉我。她的 Instagram 用的是真人图片,可是她在照片中双手举着一块西瓜,西瓜遮住了她的整张脸。她说:"你应该从这张照片就看出我这个人的调性,嗯,不靠脸吃饭。"

在这两条推送发出之后,不到半小时,我收获了十几万的粉丝。几乎是每按一次刷新键,就有几百粉丝进账。更可怕的是,他们不是僵尸粉,他们会跟我互动,问我淘宝店里那些衣服的原材料是怎样的,穿在身上会不会起球或起静电,还有人问我卖的布鞋会不会偏码,我都诚实地跟他们讲了这些鞋是我从日本进的货,一个镰仓布鞋作坊做的,可以水洗,不偏码,但是确实不是我做的。他们说很少见到我这么诚实的"网红"。我立马跟他们解释我可不是什么"网红",我就是个卖衣服的。他们更喜欢我了,都变得跟郝大小一般狂热。我莫名其妙地成了他们眼里的"宝藏女孩"。然后,他们开始给我起外号,想了"泡馍""泡泡""大饼""千层蛋糕姐姐"之后,最后还是顺着郝大小的说法叫我"奶奶",取自"土味の超模奶奶"一称。

他们又把我的微博转给了他们的朋友,朋友的朋友和朋友的朋友的朋友。我猜这是一种社交习惯,可能是为了达成"我喜欢她,你喜欢我的话,也必须喜欢她"的那种共识,这些进阶的朋友都爱屋及乌地关注了我。他们挖出我过往发过的微博消息,在每一条推送下留言评论。有时,他们相互之间还挑逗着聊几句。

然后,问题就来了。有一张照片是我和我男友一起拍的,虽然只有两双黑色高帮帆布鞋,但明显是一男一女。最大的问题是，我艾特了我男友，我以前从不艾特任何人的，所以在我两百多条的微博消息中只有这么一个人是我公开艾特的。他们顺藤摸瓜，摸到了他，而且大举"进攻"，不费吹灰之力就占领了他贫瘠的"国土"。他们一看，他真的太无聊了，只转发一些篮球信息和DJ表演公告，其他的什么都没有。

三天之后，我男友后知后觉地登录了微博。他看到自己一夜之间忽然多出的几万粉丝，如同看到崩掉的水管已经把厨房给淹了一样，大惊失色。他对着电脑鼓捣了半天，刚开始以为是服务器坏了，后来以为是被盗号了，最后在点开我的微博、对比了粉丝的相似度之后，才渐渐明白发生什么事。他给我打电话来，约我立刻在武定路的岚山早餐公司见面。在挂断电话前，他还特意叮嘱我不要打扮得太显眼，他是这么说的："我们现在算是名人了吧？是吧。如果是的话，那么我们最好低调，越低越好。"

见面的时候，我才明白，他所谓的低调就是坐在餐厅角落点一桌子的菜。什么英式早餐全餐、培根乳酪松饼、罗勒烤香肠、班尼迪克蛋都要了一个遍，他狼吞虎咽地吃着，就像好几天没吃过饭似的。我坐下要了一杯水，胡撸了一下他的头。头很油。我马上尴尬地收回了手。

"别摸我的头，这几天帮一个乐队在上海的演出打碟，没工夫洗。"他大口嚼着鸡蛋说。

"你昨晚又没吃饭,前天呢?昨天是不是也忘了前天没好好吃饭?"我问。

"能不跟我妈似的吗?你不是刚过19吗?怎么说话都是一副中年妇女的感觉。"他继续吃,说话时根本没看我。吃得太急了,他嘴里的蛋还没嚼完就往里送香肠,忽然一个不顺气,噎着了,他急忙夺过我手中的水,猛喝了几口。他挺着脑袋好一会儿,然后直视我说:"你是不是得罪什么人了?"

"我?能得罪什么人?"我刚想着要说点什么,口袋里的电话就响了。

"谁啊?大下午的找你。"他问。

"没谁,一个朋友。"我说。郝大小被我挂断电话之后,又打了一个。

"没谁你挂它干嘛?接嘛。搞不好是有好事找你,我感觉我现在都跟着你红了。"他稍稍克制着笑意,只是神秘地微微一笑,接着又向店家要了一杯冰拿铁。

我听他的话,接了电话。郝大小晴天霹雳地一句话,"你在哪?"

"我……我,跟朋友在一起。"我小声说。

"男朋友。"他强调说。

"我去找你,把地址发我。"郝大小没等我同意就挂断了电话。

"谁啊，够拽的啊！"他说。

"没谁，一个朋友，哎，就上星期在海南认识的。"我说。

"男朋友？"男朋友问。

"我也不熟，就是……反正一个人吧。"我说。

"收到徐汇区公安局的短信了吗？最近骗子多，你别傻乎乎的，自己小心一点。"他说。

"哦。"我一面答应，一面悄悄发了定位给郝大小。顿时，一种做贼心虚的感受涌上心头。不知道为什么，我总觉得跟郝大小走得太近是危险的，可能会威胁到什么。

在我正在想着她的时候，郝大小出现了。她那天戴了一个花呢贝雷帽，摘下帽子的同时她摘下了半透明的黄色猫眼墨镜。她截胡了店家给我们送上的冰拿铁，很不礼貌地指着我男友的鼻子问："他谁啊他？"

郝大小让我往边上坐，偏要坐在我和男朋友中间。我男朋友试图拒绝，但是被她强行挤了进来。她用不知从哪里掏出来的手机（她哪来那么多双手！）快速按下快门。"啪——啪——"，她先给他来了一张，又冲着我拍了一张。然后，她煞有介事地评价说："这就是当代情侣现形记，看，多么悲惨的一对！"

"等等，你是谁啊？"我男友的脸上堆满了疑惑。

郝大小目光一转，警告我男友说："你小子不要打我家'奶奶'的主意啊，我友情提示你，她可是我的。"

我男友在美女面前总是显得特别温柔，但他又要展现他的阳刚之气，这令他只能咕哝着说："谁要你的'友情提示'啊，可笑，我还没问你是谁呢。"

"好！我现在就告诉你！"突然，郝大小站到了吧台的木凳子上。

她神采飞扬，手中挥动着帽子高声吟出一首不知道是谁的诗——"我用血污浸染你的容颜，你却用多福河水清洗我的面颊。我提取你的元素用来制造枪炮炸弹，你却撷取我的元素用来构成玫瑰与百合。"

全场的人包括我和男友在内都听愣了。我心中在想，"这都什么跟什么啊？"

"这人百分百有病。"我男友已经站了起来，他拉着我的领口，随时准备带我撤离现场。

我能看得出，我男友对这"美女"的好感在她发表宣言之后烟消云散，他对任何女性觉醒的动作都感到本能的不自在。所以，我不会跟他说我最近正在读《使女的故事》，这是一本女性主义小说，正如我也不会跟郝大小讲我男友是个大男子主义者一样。当彼此的陌生人永远比当最亲近的人要容易。我看到观众们被郝大小取悦的表情，也看到店家揉着他厚厚的双下巴，重复地说："嗯，好诗。"

无花果

她的丹凤眼几乎和她的柳叶眉交汇在了一起,再加上她鼻尖的美人痣,这三样东西让她有了"三位一体"的神圣感。

郝大小读的那首诗,在她消失后的某个下午,我在虹口区图书馆一个书架上偶然撞到。那是纪伯伦的诗。她不见踪影之后,我很少再有心旌摇荡的感觉。就像被人偷走了光,但是顶着漫无边际的黑暗还要继续活下去。这种感觉在我去养老院看外婆的时候会稍作缓释,我读给她听,也是读给自己听,还是读给郝大小听。我每次都会从图书馆借一摞新书,抽其中的一些有趣的片段读给她听。

她总会在我念到一页半的时候睡着,然后在念到两页的时候打起鼾来。我继续读，少了一个读者，但还有两个读者在听。《使女的故事》，我完全不知道自己为什么要读这篇小说。在日落之前我已经读了前二分之一，刚开始读得很慢，但在外婆睡着之后，和着她呼噜的节奏反而读得快了很多，那些刚开始看书时让人不解的细节慢慢自行解开。当然，我还是很难想象，在一个集权的社会中，有生育能力的女人被迫在主教家中生孩子的合理性。这个场景发生之时，主教的夫人还要在场，她会抓着使女的手臂，以方便她的丈夫在她下面操动。这太可怕了，郝大小会说："It is too absurd！"（纯属胡扯！）今年布克奖的得主就是这本书的作者，我的直觉告诉我，如果郝大小回了欧洲，那她一定看过这本书了。

外婆醒来之后，要喝水。我去楼道尽头的水房给她打水，凌晨五点，楼道里静悄悄的。只有隔壁房的豁牙老太太跟我在女厕所门口撞了个正着，她笑着看看我，停了一会儿。我知道她是竭力想要回想起我的名字，可她怎么也想不起来。她挠挠头，然后走了。我的外婆跟她一样，都是阿兹海默症患者，他们会在熟悉的地方迷路，将日用品放错地方，认错自己的家人……郝大小走后，我外婆还时常把我认成她，她喊我"疯丫头"，或者说她替换了我俩，因为她喊郝大小"馍丫头"。

也难怪外婆会把郝大小记得那么清楚，郝大小来看她的那次大概是外婆住进这养老院后最开心的一天。很多人都说，阿兹海默症患者跟植物人一样，没有感觉的，你对她是好是坏她都无所谓。我从不这么认为，不只是因为外婆是我唯一的亲人，而是我确确实实在她眼中看到了对郝大小的喜爱。

郝大小来探望外婆的那天，穿了一身湖蓝色针织面料的网球裙套装。她带了几个她公司的网红艺人，每个也都穿着网球裙，赤橙红绿青蓝紫的，跟她站在一起堪比葫芦娃七兄弟。她不只穿得高调，还特意吩咐人把外婆住的养老院房间改造成了"夏日海滩"主题风格。四棵不知道从哪里弄来的棕榈树硬生生地摆在房间四角，地上先铺了一层灰色的印度纯手工地毯，接着铺上了从海南岛空运来的银沙。她自己光脚踩上去试了试，直到她踩得满意了，工人才停止再往地上撒沙子。

外婆怕冷。为了让外婆踩得舒服，郝大小还特意在沙层和地毯的接缝处塞进去几张电热毯。外婆走得特别高兴，而且不光是她，整个病房的老太太们都玩得开心。那些皮肤吹弹可破的网红们也丝毫没有架子，她们露着长腿和美胸一直在陪外婆玩，握着半米长的自拍杆拉着外婆照相。我没有阻止她们这么做，因为我看到外婆笑得特别开心。而且外婆知道郝大小是这帮姑娘的头儿，她操着含混不清的言语把我早上给她买的豆沙包送给郝大小。郝大小露出了她标志性的虎牙，然后她给了外婆一个大大的拥抱，还在她的脑门上亲了一下。

就在我和郝大小因为迟迟够不到棕榈果而笑得在沙子上打滚时,我听到我身后不远处一个沙哑低沉的女声正冷笑道:"这有什么可笑的。"我扶起身,转头寻找,我的目光不偏不倚地落在"无花果"的身上。那是一张跟郝大小一样不会让人轻易忘记的脸,虽然没有郝大小那么出众,但她嗔怒时带着的一种冷峻依旧令人印象深刻。她的丹凤眼几乎和她的柳叶眉交汇在了一起,再加上她鼻尖的美人痣,这三样东西让她有了"三位一体"的神圣感。郝大小顺着我的目光看到了"无花果",她向我隆重介绍了她,"哦,这是我们公司现在最 In(当红)的网红,我们的头牌'无花果'。我和她在过马路的时候认识的,别笑,这是真的,就在南京西路那边,她当时过马路时拉着她男友,但是不知道为什么被人群撞开,就在她马上要摔倒、要扑街的时候,她拉住了我的手。"

"我以为你就是我男朋友。"无花果说。

"难道我不是吗?"郝大小绕过我走近她,轻轻挑了一下她的下巴。

"你比他好多了。我怎舍得拿你跟他比?"无花果看我时才有的冷酷神情,竟然被郝大小轻易化解。她温柔地凝望着郝大小,两人相互看着对方又开始笑。她笑起来像一只白狐狸。我也不知道为什么我用白色来形容她,总之在她停止了笑再冷冷地看我时，我只看到了她身上闪闪发光的白色。

与郝大小天真无邪的美相比，她仿佛躲藏在美的面具后面——隐蔽，遮遮掩掩，她极少向我偷偷望一眼，就像她刚刚不小心发出的冷笑一样，这是为了引起我们的注意。但更重要的，为了尽快躲回她的面具之后。她就是标准的网红，我可以想象她一个人能演一部宫斗大戏，她的每一个毛孔都嗥叫着等待着一个上位的机会。她和我那种叫声不同，我那是，在草的牙齿和柳叶刀下咩咩地，喘息。

吃西瓜的人在吃面

她双手捧着面碗,把脸腾在面碗之上,顺便焐着手。她在我吃了半碗的时候还保持着这个姿势,她说这温度让她想起了很多事。

你讨厌一个人的时候,你身边最亲近的人永远不能理解你的这种讨厌。有时,他们会佯装听懂了你的话,但事实上,他们多数时候根本没有在听。我没有跟郝大小提过我讨厌无花果的事,但我想,她那么敏感、聪明,应该多多少少能猜出一点。因为自从见了无花果,我已经一个月没见郝大小了。我说我很忙,她问我忙什么,我就又重复了一遍"我很忙"这三个字。

"你知道重复的意义吗?重复真他妈的好用哎。"郝大小说。

"我不知道。"我说。

"我给你讲一个故事吧,是关于无花果的。"她说。

"我不想听。"我说。

她走在华山路上,忽然搂住我的脖子,任我左右扭动想要甩开她,她还是紧紧地贴在我的耳边,说:"无花果去年跟他男友分手,连着一周不见踪影。我给她打电话不接,发短信不回,我以为她死了。所以呢,我决定再试最后一次,我就给她发了一封邮件。结果你猜怎么着?"

"我不猜。"我说。说这话的时候,我们绕进了一家小面馆。

"她超级搞笑的,啊,她竟然给我回邮件说'我太抑郁了,我病得起不来床',然后中间说了一大串工作上的事,最后又重复了一遍'我太抑郁了,太对不起了'。嗯,她也许没说'对不起',道歉不是她的性格,但她真的说了好几遍她抑郁,我们整个 team(团队)都拿她没办法。你没法和一个病人生气。"

她一直做着调皮但善良的表情,我看得出她在用她的方式哄我开心。这种刻意的用心和她粗枝大叶的性格倒是很搭,我几乎都能猜到她下一秒的动作。果然,她使劲按了好几下桌上的铃。一个瘦瘦高高的老板娘来了之后,郝大小用蹩脚的上海话要了两碗葱油拌面。

那老板娘脸上搽着厚厚的粉,她用普通话回答并问我们:"喝的要不要啊?"

我们笑着摇摇头。

这时,她忽然抓住我的手肘,激动地说:"你笑了!"

面上了之后,我立马收住了笑,开始嗍面。

"好吃!"郝大小说。她双手捧着面碗,把脸腾在面碗之上,顺便焐着手。她在我吃了半碗的时候还保持着这个姿势,她说这温度让她想起了很多事,但她也说不上来,就是单纯地感到幸福。我怼了她一句,说:"你这幸福感也太低了吧,只是一碗再普通不过的葱油拌面而已。"

"平时都有人陪你吃面?"她低着头问。

"不然呢?一个人的话,就不出来吃了吧,在家煮个泡面或者叫个外卖。"我说。

她再吃两口之后,突然哭了出来。她的头顶上一盏茶黄色的灯映得她的五官更鲜明些,在那灯的一旁,火警警报器闪着零零星星的红点。不知为何,我觉得我最好不要打扰她,于是也就只好低头吃面。

长大成人后很久,我都记得我年少时和小伙伴们在一起消磨的那些美好时光。我记得某年五月,也是这个季节,我们在崇明岛野餐,有一家人准备切一个大西瓜,可是没有刀,所有人都干瞪着眼。最后是那家的爸爸把西瓜举过头顶,抛向我们住的木屋的尖角，然后西瓜在众人的期盼下裂开了，摔在地上，摔在泥土里，也摔散了我们的兴奋。可我遇到了跟郝大小同样的问题，我也记不起那个爸爸的长相了，更不用说他的姓名。连他身边的我的小伙伴，我也只能记个大概，他们的模样早已淡去。那次郊游，只有我一个人没有家，其他的小朋友都黏在爸爸妈妈的身后。大家见到西瓜反正都没法吃了，就开始捡起瓜皮向对方身上砸去。在几家人的激战中，没有一个人砸我，因为我始终都是个局外人。我捡起瓜心，抱着啃了一下午。那个西瓜格外的甜，轻轻一咬就会流出血一样的汁液。

想到这里，我碰了一下郝大小的手，我对她说："嘿，无论生活待你如何，你都要好好吃饭。胃长在你自己身上。"这是我第一次主动摸她的手。她的手掌是瓜瓤颜色的，摸起来特别顺滑，就好像完全没有掌纹一样。像极了她这个人，她的脸上偶尔会闪现出一种半是快乐、半是痛苦的朦胧神色。

她不哭了，也不再吃面。但是人又笑了起来，她的气息渐渐平稳，接下来告诉我："无花果当时说的是真的，别问我为什么，反正我就是知道她真的抑郁了。可我再见到她的时候，她就是不说。她的情绪出卖了她，那感觉就像是人的灵魂被车碾过，变成了薄薄的一张纸。我知道她真的很不好。可她不想告诉任何人，包括我在内的任何人，这让我特别难过，沮丧。你知道吗？馍海，你如果哪一天发生了什么事，你可要第一时间告诉我。我不想你自己一个人承担……"

我听到无花果的名字还是不自觉地蹙了眉，好在我很快缓释了自己的反感。我用三个手指按了按她手掌上的肌肉，然后用指尖在她掌心写下一个字——"好"。

黑白之间

每个主播拥有一个自己的单间,颜色从黑到白有7度,分别代表了网红在这公司里的层级。

郝大小的公司坐落在华山路的丁香花园,她让秘书发我地址的时候,我就知道这是要公事公办了。刚认识的时候,她总说要签我,我以为她就是说着玩玩的。我走过了蔡元培故居,路过了上次我们吃面的小餐馆和枕流名人楼,多走了一个路口,迷了路,一直在留学生博物馆门口兜兜转转。我发微信给她,她说她的秘书一早就在华山路849号的门口等我。

我再找定位的时候,一个梳着高髻的方脸女人先找到了我。她站在梧桐树下,华山路的梧桐树干比衡山路和其他地方的要壮实些,她的脑袋正处在两个枝干中间,倒像是牛魔王的两个犄角,或者是安吉丽娜·朱莉在《黑魔女》中的古怪扮相。

"您好,袁老师对吗?"她问这话时还不忘跟手机里我的照片对比一下。

"不用叫我老师,叫小馍就行,大家都这么叫我。一叫老师就老了,而且我也没教过你,这么叫多奇怪啊。"我说。

"那您想让我怎么称呼您?"她问。

"或者跟粉丝一样叫我'奶奶'?"说完这句话,我就后悔了。

她一定以为我这么说是故意挑衅,于是没有搭话。她转身,走过马路。她脚下那双黑色的方头皮鞋一直在"嗒嗒"作响,过于严肃的步子让我的任何提问都显得极不专业。哪怕我问的是她的名字,她都会一本正经地告诉我,"姚秘书"。我再问她她入职这家公司多久了,她转头打量着我说:"这是机密,无可奉告。"我真的很难想象,从不设防的郝大小身边竟然有这么一个时刻设防的秘书,她得多难受啊,我的直觉告诉我,这个姚一定是别人安插在她身边的。

然而,当我跟着姚秘书走进丁香花园,在李鸿章那一栋别墅的一墙之隔,我们转入一个新翻修好的亚维农色小楼。姚秘书走在我前面,在一个榉木旋转楼梯上,她忽然转头对我说:"我们这里规矩很多,记得千万不要在 Miss. Harley 面前笑,她最讨厌人笑。然后,不要大声讲话,最好一点声都别出。"

楼梯把光切成一片片的,她的脸半明半暗,明的那一半也是破碎的、一条条的。那是一张森冷的脸,跟紧接着我们走入的黑白两色的办公室风格全然一致。姚秘书告诉我,这里的桌椅都是北欧设计师独家打造的。每个主播拥有一个自己的单间,颜色从黑到白有 7 度,分别代表了网红在这公司里的层级。我们经过了一间完全密闭的深灰色隔间,一点光都没有。姚秘书告诉我,那是无花果的办公室,属于整个公司位阶的正向第 5 度。从这里可以看到黄浦江 90 度的拐角。同时,这间房又连通着郝总的办公室。正因如此,我坐在郝的房间,也能将黄浦江畔的景色尽收眼底。

这样的拐角是我第一次见,东方明珠正如它的名字一般嵌在了那个 V 字形的河道上,它不仅分开了东西的摩天大楼,也分割了南北两岸,让这拐位可以出自世界上任何一个国际都市——尤其是纽约,让每个置身其中的人都觉得是站在帝国大厦之巅,或者是皮埃尔酒店的顶层公寓,可以俯瞰整个曼哈顿、中央公园与哈德逊河。

"我们买这块地的时候,开发商跟我们说,'今天的中国角,明天的世界角'。后来姚秘书告诉我,她以前在政府工作的时候，政府就用一样的套话来形容陆家嘴。"郝大小进来了，她身后还跟着两个人。她们仨都穿了跟姚秘书同色系的衣服，黑、灰白、白，恰好印证了姚秘书说的那一套"公司阶级颜色"。

我低头瞄了一眼我的衣服，依旧是普通的棉麻裙子，还是红色的。郝大小扫了一眼我的裙子，马上交代姚秘书带着我去硬照工作室换一条能看的裙子。"能看"二字说得格外清楚，她说这话时就好像跟我从不认识，今天是第一次见面。她身后的两个人，估计是新晋网红，都弓着身不说话。她们也不敢看我，只能安分守已地听郝大小训话。我的脚还没迈出郝的办公室，我已经感觉到她们身上的悲剧性快要溢出来了。姚秘书告诉我，她们俩也是新来的，但在签约后还背着公司偷偷出去跑通告。

"那她们不会怎么样吧？"我问。

"今天应该是她们在中国网红圈的最后一天。"她说这话时面无表情。

通往硬照工作室的路上，我们经过了一个斜坡，坡下有一个宽敞的休息区。休息区里端着咖啡杯的摄影师看到姚秘书都纷纷起立，他们用肃静的眼神在跟她打招呼。可她，连看都不看他们一眼。这种冷漠直到我们进了工作室，撞到了正在拍照的无花果才得到改变。

这是我跟无花果的第二面，我本以为不会再见到她。她身上穿了一条鲜辣潮湿的绿色长袍，脚上踏着一双文艺复兴绘画中才会出现的那种贴满羽毛的皇室穆勒鞋。我突然发现身后有光在动，从绿色变到红色，这时无花果身上的袍子颜色也跟着在变。她见到我和姚秘书在一起，冲着我们抿嘴一笑。那个笑跟她的衣着一样浮夸。

姚秘书告诉我说，无花果是全公司最赚钱的艺人，她的拍摄多的时候可以占到整个公司的百分之七十。她还说，无花果从今早到现在已经换了3套风格，现在顶着的这个发型是模仿路易十四的情人芳唐吉侯爵夫人。她问我是否看到别在无花果长发后面的那把精致小巧的扇子，我点点头，但实际上我并没有看到。她找出了一件Alexander McQueen的灰色丝绸长裙给我套上（我是看了裙子的标签才知道有这么一个英国时装品牌），在我进去试衣间换衣服的时候，她在门外小声告诉我，那个小扇子是她托人从伦敦苏富比拍卖行高价拍回来的。听她的语气，她十分引以为豪。

等我整理好裙子，怯生生地走出试衣间，郝大小和姚秘书已经在外面等我了。她们同时在谨慎地评估我、评估这条裙子、评估我和这条裙子的匹配程度，然后她们又同时点点头，点头的频率都一样。

郝大小让我转了一个身。接着，她让无花果那边的工作先停一下，并差遣姚秘书找人把灯光调一下。再之后，我感到一阵刺眼的光打到我身上，热热的。姚秘书吩咐摄影组的人过来，几个拿着闪光灯、柔光灯、遮光板的壮汉围住了我的去路。我看到不远处，无花果依旧坐在那个位置一动不动。光已经从她那边移到我这里了，我顾不上看她到底是低垂了眼帘还是板起了脸，因为摄影师已经叽叽喳喳地发号施令了。他们依着郝大小的意思，让我摆了几个标准姿势，站着、侧着、半蹲着。最后，姚秘书让无花果的助理把她刚刚坐的那张法兰绒沙发搬了过来。我的头发上不知何时插上了那把芳唐吉侯爵夫人的扇子，我坐着、卧着、躺着，闻到那沙发上残留的无花果的味道。她用的就是无花果的香水，混了指甲盖那么一丁点的麝香与玫瑰味道。

直到郝大小喊出"bravo（好棒）"，所有人才松了一口气。郝大小给了我一个大力的拥抱，然后她告诉大家今天可以提早收工。她让我等她一下。五分钟之后，她从自己的办公室走出来，穿了一双露膝的浅蓝色牛仔裤和一双脏到不行的帆布鞋，脸上挂着她的招牌笑容。她用指尖挠了挠我的颧骨，我抗拒且疑惑地退后了一步，她就咯咯笑着挠起自己的肋骨。那天我们吃的还是葱油面，但她没再提无花果的事。

南洋海风

郝大小涨红了脸,她游回了我的身边。她靠我很近,好像要说什么,但就在我以为她要吻我的脸颊时,她吐了我一身。

我曾经让程维用一句话形容他的音乐风格。

他的回答是,"在万籁俱寂时,耳虫瘙痒的感觉"。他见我满脸疑惑,进一步解释说:"死亡金属和爵士遗风之后的律动,一种灵动的低音序列加上模糊粗糙的噪音纹理。"

"哈,原来如此。"我能说什么呢,毕竟他再怎么解释下去,我也听不懂。

他日常上班是在一家留学服务机构,在他从上海外国语大学英语系毕业之后就一直在那个机构帮有意出国的留学生改他们的申请资料。他做的是文职工作，虽然他从不看书、不读报，甚至连手机公众号里的鸡汤文章都不读。他找的借口是，"我是个艺术家。我不需要关心除了艺术以外的事，这不是我这个年纪的人应该干的事"。

"那我们这个年纪的人应该干什么呢？"我问他这话是出于我的好奇。

可他回复得也很决然，他说："你更没有什么代表性，就你一个开淘宝店的。"

事实上，他带我去过几次他打碟的场子。几乎每次我满怀期待而去，都领着他失意而归。说白了，他就是去给一些知名乐队暖场，没有人知道他是谁，也没有人在乎他这个DJ的水平如何。他尝试过打一些实验性的东西，用他的话说是"打一些特别脏的东西"。技术层面对他这种刚入门的新手要求太高，一次，他尝试将Breakbeat（碎拍）和Techno（电子舞曲）接在一起，结果失败了。不过，好在现场就5个观众，酒吧老板除了瞅了他一眼之外，没说什么其他的。

所以我也明白，这周末能在LE BARON演出对他意味着什么。这是他少有的公开演出的机会，而且是帮新加坡来的知名Techno打碟。"呀，我觉得这场之后我的粉丝数量会超过你，到时候你可别嫉妒我。""我当然不会嫉妒，DJ Cheng。"我还能说什么呢，毕竟他在我面前想要装得强大。

就像他跟我的第一次，他自己明明是第一次，当时却要硬装老手。

不过就在演出举行前一天，程维排练回来顺路探望了我外婆。养老院的摆设基本没变，依旧留着郝大小上次弄来的沙地和四棵傻愣愣的棕榈树。外婆见到程维，捋了捋他的长头发，竟然对他说："疯丫头，你来了！"程维没有反应过来这"疯丫头"是谁，但他马上知道我肯定是带过其他人来外婆这里。外婆的下一句话更让他震惊，她竟然要求他爬到棕榈树上帮她摘椰子。程维试图向外婆解释，"外婆，棕榈树上没有椰子的，椰子长在椰子树上。"结果外婆不干，跟他闹了起来，甚至拿起自己的铁水壶砸他。他没办法，不会爬树但硬是爬了半截。他像一只下身瘫痪的考拉，仅靠着他的双手死死抱住棕榈树摇摇欲坠的树干。正当他臂力不够感到虚弱之时，外婆叫来了整个楼道的老太太。这群阿兹海默患者开心地拍着手仰望程维。程维说他不记得到底怎的，可能有人晃了晃树，他就跐溜一下顺着树滑了下来。他跌在地上的时候，围观的老太太们瞬间都腾开了地方。

结果是，他左臂韧带断裂而且骨折，被迫打了钢板。但他说即便把右胳膊也摔断，他也不能错过这次表演。这是他一直在等的机会，不是什么人都能到 LE BARON 里表演的，更不是什么阿猫阿狗都能和新加坡大神一起打碟。何况，他解释说:"DJ 骨折了,听起来更酷。我现在打的这种 Techno 应该要有一种骨裂的声音,当然跟你说你也听不懂,这是地下 Techno 混合了极简合成、后朋克、New Pop、EBM 之后的东西,纯粹是实验音乐,能打出来什么东西,连我都无法预料。"

我去看他演出的那天晚上,他说要排练就不跟我一起吃饭了。之后,他特意发一个信息过来,明确表示,他不想见到"疯丫头"。他措辞激烈,但我知道越激烈就越说明他其实无所谓。程维是这样一种人,即便他会报复性地半夜冲我脸上放屁,他也不会当众放一个屁。他爱面子,郝大小后来纠正我说,男人都爱面子。

我和郝大小到门口的时候,正巧碰上程维带着一个果儿从电梯上下来。我们在肮脏的电梯玻璃门的反光下四目相觑,然后,八目相觑。程维没有解释什么,他转而问我们要票吗,郝大小拍着门口黑人保安厚实的肩膀轻蔑地笑笑。那个果儿穿了一套哥特浪漫主义的蓬蓬裙,看得出为了搭配这条先锋的裙子,她今早才剃掉了她的两撇眉毛。我看着她的时候,已经后倚在电梯里了。程维后来分手的时候给我罗列的一个罪状就是,"嗜血的冷酷",他就是以我当时在电梯里看他们的眼神为例。

嗜血,也许吧。按照他的逻辑,在这偌大的上海,只有艺术家的血是热的。

那天晚上过得莫名其妙的慢，我和郝大小叫了两轮龙舌兰，她说她今天要为我破例，买一回醉。我们占了包间最好的位置，郝大小搂着我，她指着酒吧里俯仰皆是的粉红色丹顶鹤说："你看这些火烈鸟，正跟着那个 disco ball 变换颜色。"我这才知道，那些不是丹顶鹤。之后，我们又到舞厅里扭动了好久，但我仍觉得心不在焉，好像刚来了不一会儿而且并不想再待下去，我喝了一杯加强版的血腥玛丽，涩得令人发抖，就算这样我也并不想走。

程维和新加坡人一起出现在台上时，我一眼就认出了他的手。他生涩地甩动着自己的头发，拿出一张低保真的黑胶碟。他细长的手把黑胶搁在方形盘上，开始搓了起来。非常快，一股拙劣的声音就从旧时空穿墙而来，迎面在我耳边打着响指。我身边的郝大小已经喝嗨了，不断有人认出她，他们要跟她合影，她拒绝，她挑衅他们说："除非你跟我喝酒！"然后她离开了我，跑到吧台那边叫了三排 shots（小杯烈酒）。我听到南洋的海风把潮湿吹了过来，就在我眼前，郝大小一杯、两杯、三杯地干了下去。那时我觉得，程维的确是天才，但他需要别的什么人陪伴，他需要别的什么人把他的"料"激发出来。后面的事情我记不太清了，我在朦胧的杂音中愈发沮丧，我好像在听一个自传体的故事，讲的是别人幸或不幸的爱情，但其实都是我的，来自我的肺腑之间。郝大小涨红了脸,她游回了我的身边。她靠我很近,好像要说什么,但就在我以为她要吻我的脸颊时,她吐了我一身。

远远的,我看到一个女孩跳上了DJ台。她应该是我们在楼下撞到的果儿,然后她吻了程维。

我现在臭了

你要相信网络舆论的特性,就是一浪接着一浪,下一浪来了,你这波就过去了。重要的是,始终有浪。

翌日清晨,我从宿醉的情绪中醒来,一早就接到姚秘书的电话。听她的口气,应该是出了大事。她叫我赶快来公司,越快越好。我看了一下床头的闹钟,才8点14分,这时正是早高峰,于是我问:"姚秘书,能不能避开高峰?我挤不上地铁,13号线转7号线的话,我会被挤成肉泥。"她根本没在听我说话,我感到她在电话那头发抖,她深吸了两口气后又强调了一次,"我不管你坐火箭还是坐太空飞船来,你必须8点55分以前到。"她给的数字有零有整的,搞得我忍不住笑出声。为了说服我,她又补了一句,"Miss. Harley 已经在来的路上了。"

我的潜意识告诉我,姚秘书焦虑的事可能跟昨晚发生的事有关。后来等我进了门,直接劈头盖脸被郝大小指着鼻子骂"没脑子"的时候,我才意识到昨晚确实出了状况。姚秘书弯着腰站在叉腰骂人的郝大小身后,有时,我真的觉得郝大小的身体里住着两个人——一个天使,一个魔鬼。天使的笑颜让人难忘,可魔鬼的梦魇更让人难堪。这个"魔鬼"朝九晚五,给公司员工指定"997"和"开机 24 小时"的命令,她以为钱能控制一切,买他们的时间,还买他们的人身自由。我当然没有反击她,听着姚秘书跟我讲昨晚到底发生了什么事。她们的话绕来绕去的,直到郝大小把她的 iPad 摔在我面前——微博热搜第 15 条赫然写着我和"无花果"的名字——"土味の超模奶奶原是不良少女 为上位设计陷害知名网红'无花果'"。

"我怎么构陷'无花果'了?我根本就不认识她好吗?"我问。

"你看看程什么的微博账户,已经炸了。"郝大小说。

"他叫程维。"我说。

"管他叫什么,不重要。"她说。

"为什么?跟他有什么关系?"我问。

"土味奶奶,您是真的不会看男人,现在所有人,因为他,都在疯狂扒你的黑历史。"她说。

郝大小说得没错,程维的微博已经搜不出来了,即便我强行浏览他的首页,上面也一无所有,就像被抹布擦干净的白板,头像和内容都变成灰灰的一片。

"炸了也好,如果留着他那个小女友艾特他的那些亲密照片,我们目前的处境会更糟糕。"姚秘书依旧弯着腰,她在我们谈话期间一直保持着同样的姿势敲电脑。

"什么照片?什么我们?"我问的时候一脸疑惑。

"给她看。"郝大小让姚秘书拿电脑给我。

我只记得我的脑子"嗡"的一声,好像有什么地方裂开了。那感觉就像一颗生鸡蛋被敲开了一个角,我的脑浆开始往外流。接着,我马上合上了电脑。很长一段时间,我都记不清我当时到底看到了些什么。但我却持续地困在我看到的那些东西里,至少是有一种失望、愤怒、不理解的情绪捕获了我。我被牢牢困住。我求救似的问郝大小:"这些图片现在不会再外传了吧?"

"不会,我们买了这些图。"郝大小说,"花了不少钱。"

"谁卖的这些图?"我问。

"这重要吗?你应该想想怎么做危机公关,这是你现在要处理的 first thing(头等要事)。这图是昨晚凌晨 2 点爆出来的,你是 6 点上的热搜,一直到 8 点半才被顶下去,现在搜不到了。就在这6个多不到7个小时里,你知道'无花果'的粉丝恨不得吃了你吗?可你呢,现在还在关心你家里的渣男。"郝大小说,紧接着她问姚秘书:"普通话是叫'渣男'没错吧?我看网友这么叫他。"

"Miss. Harley,没错的。"姚秘书说。

"我不懂,这跟'无花果'又能扯上关系?"我问。

"你前几天拍的那组照片本身是要登上这一期的Figuro杂志一个专题的封底,那一组照片你和无花果分别都拍了。我们最后选了你。"姚秘书说。

"啊?可没人跟我说啊。如果'无花果'想上的话,我可以不上的,你们选她就好了。而且她资历比我老,名气比我大……"我说。

郝大小打断了我,说:"现在很难说谁名气大了,你都上热搜了,虽然是滔天的骂名。接下来的几天,你会过得很难受。'无花果'的粉丝认定了你是'心机婊',新人进公司就想抢头牌的位置,野心太大。他们还会说,你的男朋友乱睡女粉丝,以此来佐证你们是一对'狗男女'。"

"按你这么说,我现在完全臭了。"我说这话的时候,特意嗅了嗅自己衣服的味道。

"人红是非多,红了之后,聚光灯都对准你,你的一言一行都会被放大。6个小时之内你粉丝大概掉了2万。之后还会再掉一些,但是总会有人'黑'你,也会有人'黑转粉'。你要相信网络舆论的特性,就是一浪接着一浪,下一浪来了,你这波就过去了。重要的是,始终有浪。"郝大小说。

"Miss. Harley,Figuro 杂志那边让我们快点决定要不要用'无花果'的那组。"姚秘书打着字问郝大小。

"他们了解我的脾气,不换。不能给任何人踩我们的机会。"郝大小背靠着椅子,打了个响指。

"那我要像那些明星一样发道歉信吗?"我问。问完这句话,我就知道我又在说蠢话了,因为郝大小听后微微一笑,那笑里分明藏着秘密。

她让姚秘书给她剪了一根雪茄,在等雪茄的过程中她瞥了一眼手表。姚秘书看见了她的动作,替她跟我说:"你可以走了。"

"那我总要做点什么吧?整件事因我而起。或者,我去跟'无花果'道歉?"

郝大小叼上雪茄,如呷茶一般轻轻呷了一口烟,说:"你知道我在三亚为什么要签你吗?"

"因为我穷?"我苦笑说。

"不,因为你真。你在乎别人开不开心,在乎怎么让别人开心。不是所有人都有这种善良。大部分人,"她顿了一下,"根本看不见他们不在乎的人。"

"你说话怎么跟绕口令似的,一点都不像平常的你……"我刚想再说点什么,却被扑面而来的雪茄烟味呛得受不了。那香味闻起来像是烧焦了的牛皮,或者是被点着了的公蜥蜴的尾巴,一股雄性荷尔蒙燃烧的味道。

姚秘书跟我一同出来了。她的腰在出门那一刻缓缓直了起来。在与我分道扬镳之前,她背对着我说了一句话,"跟她分手,不要惹他。"

彼时我无法理解的"她""他"或是"她",纷至沓来,并且都在不久后应验。姚秘书真正想说的是,"跟他分手",想提醒我的是,"不要惹她"。而这次炸号、掉粉与爆黑料的一连串行为都跟"她"有关,这仅仅只是个开始。

绿茶婊

> 互联网平台倒像是催情的春药,让这帮人可以借我的事件,正当正义地宣泄他们的愤怒。

从前我以为微博只跟我自己的私人生活有关,我发点有的没的,完全想不到会卷入没完没了的骂战。互联网上的人像是一些半虚半实、亦真亦幻的仿制品,他们的真身可以是机器人或者 AI。当他们藏身于一些宣泄情绪的句子时,他们摇身一变,倒成了微博上的 KOL(互联网界的意见领袖)。如果不是郝大小的粉丝后援团及时出现,帮我挡住"绿茶婊"的滔滔骂声,我想,我已经扛不住了。几乎每一秒,都有新的声音站出来迎面指责,讽刺我如何机关算尽地抢夺资源,如何刚进心怡影视就设计陷害无花果。他们说得头头是道、绘声绘色，仿佛他们手上拿着凿凿铁证，仿佛他们当时就在拍摄现场。我不是害怕。我只是不想打开电脑，哪怕只看一眼微博留言都会让我难受。在我设置了"评论权限"之后，我与无花果的粉丝之间的骂战还是没有停歇。

中午11点45分，他们中场休息了15分钟。这期间，我私信了无花果粉丝团的团长，替我的粉丝向她道歉。他们再怎样，也不该咒她生不出孩子。可她却把我私信她的内容截图发在Instagram上，同时艾特了我、无花果和郝大小。她配图的文字写道，"绿茶婊主动找我，这是做贼心虚！"紧接着，大概12点5分，这一句被我的粉丝们截图发到微博，又有新粉丝排山倒海地加入骂战。新的槽点是"发截图的都是臭傻逼"。可不巧的是，我的粉丝手上的证据恰好也是截图。如此一来，无花果的粉丝团自然乐不思蜀，她直接指出我方粉丝"智商不在线"。两方的怒气一下子达到顶峰，纷纷显露出势必将敌人置于死地的气焰。越来越多的粉丝"翻墙"加入骂战，我、无花果和郝大小三股"势力"加起来至少有5万粉丝在线互怼。一些不入流的营销号看中了这次"粉黑大战　趁机大赚KPI"的商机，穿梭在两方阵营里煽风点火，唯恐天下不乱。

最终，无花果的粉丝约我的粉丝在下午2点30分于

Instagram 上"决一死战"。在决战到来前,没有 VPN 的粉丝还要现买翻墙软件。一带一进群,小心谨慎地商讨战术。这样做为的只是能尽快加入作战。说实在的,他们对我才一个月的关注不足以让他们如此爱我。互联网平台倒像是催情的春药,让这帮人可以借我的事件,正当正义地宣泄他们的愤怒。没有人确切地知道这种愤怒从何而来。我也不知道。这些寄居在虚拟身份中的张三和李四、李雷和韩梅梅,怎会因我一个"绿茶婊"而扬言杀死对方全家?

"绿茶婊"这个词是什么意思,我也是在无花果的粉丝骂我是"绿茶婊"之后才知道的。原先我以为只是指表里不一、颇有心机的女孩子。等粉丝骂战开始,我才发现他们有时会将"绿茶婊"与"外围女"混起来用,说我是什么一路睡上来的,说我睡了心怡影视的执行董事郝亮才成功踩到无花果头上。"郝亮是谁?"我看到这里真是一脸懵。"心怡影视不是只有郝大小一个老板吗?难道这个郝亮也是 Harley 家族的人?"然而,没等我厘清个中关系,郝大小的后援团那边又爆出猛料。按照他们的说法,是无花果恶人先告状。不仅如此,无花果还为了上位而亲近郝亮,结识了郝亮之后将原先的好闺蜜郝大小一脚踢开。"过河拆桥的 bitch(贱人)!""她看见公的就往上扑!""绿茶婊搞错了状况,心怡集团从头到尾都是郝大小的!""真的外围女在这里,大家快围观！"……我搞不清最后究竟有多少人加入了这场没有硝烟的战争。

所有人都开始扒无花果的黑料。有人找到一张她在一个时装发布会前排偷瞄郝亮的照片。照片中的无花果穿了一件过膝的丝绸长裙，高开衩的剪裁暴露了她整个大腿侧面。她确实在瞄坐在她旁边的旁边的一个高个子男士。那男人长得文质彬彬，戴了一副古董样式的夹鼻眼镜。他的袖扣和眼镜腿的材质一样，都是玳瑁做的。粉丝们骂穿高衩裙的无花果是"不要脸的外围女"，他们控诉的腔调愈加高亢。相反，无花果的粉丝们声音渐渐弱了下去。但她们没有退，她们还坚守在微博第一线。就这样，几万人挤在一条狭窄的网络"巷道"，不能砍人，只能从"绿茶婊"一路骂到"奶茶婊""红茶婊"，再之后是荤一点的"羊杂汤婊"和"地沟油婊"。骂战到了最后就变成闹剧，人挤人，婊挤婊，动弹不得。他们在静静等待对方露出破绽的过程中，试着用手机叫了张亮麻辣烫、马兰拉面、黄焖鸡米饭等外卖。叫外卖的那一刻，他们忽然发现，翻着墙不利于定位。于是，就出现了奇妙的现象——眼瞅着快到饭点，三方粉丝陆陆续续下线。

我想问郝大小关于郝亮的事，但她下班以后从不跟我聊任何与工作有关的东西。正如她夜晚穿的衣服完全没有白天的气息，不掺杂一丝雪茄的味道。以至于，当我在下班后问她怎么看待网友骂我是"各种婊"这件事时,她笑嘻嘻的满不在乎。好像这会儿,我不是她手下的艺人似的。

我可能无法站在她的角度上揣度她是如何思考的,她永远在做别人没想过的事情。在所有人都读星座指南并按星座来区分人的言行时,她却选择夜观星象。我记得,被她拽到上海天文馆的我,在灯光亮起的那一刹那所看到的世界——所有的星星噼里啪啦地亮起来,它们在狭长的银色苍穹下闪动。它们悬浮着,不像钻石,不像眼睛。你甚至不能用任何修辞去形容它们,因为它们就在你触手可及的面前,展示着你应该抬头仰望却忘记去看的一切。这让我想起了我儿时和外婆在苏州乡下的日子——天空总是低低的布满星辰,外婆牵着我,我牵着星星的手。外婆告诉我,从哪颗星星为分界线,左边是苏州,右边就进了上海。

郝大小拉着我躺了下来,就在那个穹顶之下。我俩脱了鞋,摆出了两个"大"。这已经成为我们每次看天看海的标准姿势。如果有人俯瞰,会发现我们正好凑成一个被箭横着射过的"从"。我想我们的手可能是丘比特的箭,这是我在和她一起摆"大"字的时候才想到的。换成是程维,我压根就想不起有丘比特这么个人。

郝大小为我解释说,这个天文馆会在 2021 年竣工,我们是开馆前的第一拨客人。然后她提到了上帝与人,她说:"上帝只是一个 metaphor（隐喻），他可以存在，可以不存在。真正重要的是，只要有人使用这个 metaphor 就行。你看星星，它们根本不在乎是否有上帝的存在，不管时间的尽头，更不可能在乎这一刻发生的任何任何。它们不去哪里，也就处处都在……馍海，馍海，馍海……"

"嗯？"我扭头看着她。

"我把整个星空都给你搬来了，现在开心点了吗？"她说。

"'绿茶婊'表示很开心。"我说着，好像感觉我正在卸下这个词带给我的困扰。

然而，真的困扰就在这时找上门来。我们被一束颤颤悠悠的光射中，接着有另一束光射了过来。郝大小先坐起来，我也跟着她扭过头去，我们看到距我们十米开外的地方站着两个保安。一胖一瘦，他们端着手电筒一声不吭地站在暗处盯着我们。相视了五秒之后，他们一前一后地奔向我们，胖子竟然跑得比瘦子快，这令我非常诧异。

在我还没反应过来的时候，郝大小已经拉起我的手跑了起来。我们透出了穹顶，奔向黑色的大门，门中有门，门外还有门。门的种类繁多，就像婊的种类那么多那么厚重。

"你们有钱人不都是 VIP 吗？这怎么一回事？啊，你怎么破门而入啊！要是被抓到，人家以为咱们是入室盗……可怎么办！"我喘着粗气问她。

"哈哈哈哈哈哈,怎么可能被抓!"她松开我的手,跑到我的前面大声呼喊,"馍海,好不好玩?刺不刺激!"

整个天文馆回荡着我们的声音,她蓬松柔软的栗色长发被甩在长夜里。在我们脚下,尚未加固的铝板哐哐直响。我们歇斯底里地跑,直到浦东苍凉的夜无可阻止地涌入眼帘。我抬头仰看上海的星空,才发现一颗星也没有。

BARBERSHOP

生活不就是这样吗？一事接着一事，一餐接着一餐，一顿酒接着一顿酒，一个故事接着一个故事，你根本来不及骂"他妈的"。

我和程维的恋爱缺了分手这么一个环节，但还是无疾而终。人没有绝对的好坏，感情更没有。有时那个人就是觉得你们不合适，或是怕见面尴尬，就连"再见"都舍不得说。

昨晚下了场雨。我给自己煮了一碗辛拉面，放了两包辣椒粉。按我外婆的说法，雨天就应该吃点辣的。这场雨过后，上海的天气才会真正热起来。那时候湿热难耐，再吃这么辣，就真是不合时宜了。然而，我是个从不吃辣的人，眼下的这些辛拉面都是程维买的。他妈妈是湖南人，吃辣在他家相当于喝水，都属于基本常识。如果不吃辣，好像就少了某种美德。所以程维不只一次说我没出息，他的理解是——连辣都吃不了的人，以后能做什么大事？可能也是因为我俩始终吃不到一起，他在我的淘宝店开张之初只入股了一万元人民币。原本他是打算让他妈给我出一万美金的。用他的话说，虽然他穷困潦倒，但他妈却锦衣玉食。自从他妈改嫁了一个山西煤老板，程维就很少再跟他妈联系。他这么没良心，他妈仍旧每月一号给他汇生活费。所以他最后给我的解释就是，我不吃辣，这严重影响了他妈对我的信任。我当时"哦"了一声，心里想的却是"去你妈的"。

如果我是现在的我，我会直接说"去他妈的"，而不只是心里想想。我的改变不能排除郝大小对我的影响，很多时刻，我在用她的方式去做判断。我想她不会在跟男朋友分手之后，死乞白赖地骚扰对方，不会煲电话粥苦口婆心地劝他回头。她也不会在网上搜索"如何跟巨蟹男复合"，不会想着向陌生的豆瓣和知乎网友取经。她那么独立，眼里根本容不下男人，更何况是抛弃女人的男人。我想到郝大小的时候，不由自主地流下眼泪。哎，我真没用，多么希望自己能成为像她那样拥有明亮双眼的人，但我却总被说不清道不明的事情拖住了后腿。那碗加了两倍调料的辛拉面，在我的泪水、汗水、口水的夹杂中，竟然被我清了盘。按理说，我应该在吃完以后拍一张照片发给程维，告诉他，"你和你妈都错了，我他妈很能吃辣。"

至于程维赞助我的一万块入股费，我没想到他有一天会向我讨要。而且他要钱的方式，也格外令人讨厌。他让"小诺我是你的美人哦"发微博私信来跟我约时间，这个什么"小诺"就是那天在台上跟他接吻的果儿。我收到信息的时候吓了一跳，在我吃完那碗面，连喝了三杯冰水之后，我才慢慢回了她一个字——"好"。也许这样回，比较酷。

小诺选在永嘉路的BARBERSHOP，我按照定位去找，绕了几个圈才确定入口的位置。她告诉我，她和老程经常来这里喝酒，他们第一次约会也是在这里。而入口特别难找是这间酒吧的特色，走的是Speakeasy（地下酒吧）的风格。当她正要往下讲时，我打断了她说："我知道，你要说美国禁酒令时期流行起来的地下酒吧，你还想说这种风格现在在上海好复古好时髦啊，对不对？"她的假睫毛在我的问话下忽闪了两下，一根睫毛因为粘得不牢固而掉了下来，掉在她才整不久的韩式翘鼻上。她的鼻头因为痒而紧缩了两下，左右鼻孔大小不一。她大概知道我看出了她脸上动刀子的痕迹，赶紧叫来了酒保，想趁机稀释一下我们紧张的气氛。

酒吧的灯光很暗,她要了这里最出名的"菠萝蛋糕"(其实是一款将菠萝掏空后盛酒的鸡尾酒),我要了一杯金汤力。酒保看她的眼神殷勤得很,我想起我和她第一次见面时她嗲嗲地依偎在程维身边的样子。不知道为什么,男人见了她这样的小女人,就会肾上腺素分泌过量。精虫上脑之后误以为只有她这一款女人才是"鸡尾酒"。相比之下,我们这种不花钱弄脸的女人只能被视作酒吧对面小卖部里一箱才顶上她一瓶的"江小白"。

"姐姐,你坐的这个位置就是我跟程老师经常坐的,他每次都坐在我对面,认真地听我说话,看我喝酒。好像哦,我只有跟他在一起的时候才敢这么一杯接一杯地喝,跟其他男人我都不敢的,好怕怕。"她说。

"我不是你姐姐,他不是你老师,再说了,我又不是你妈生的,他也没教过你。"我说。

隔壁吧台的男人听我语气强硬,不知是出于怜爱还是什么,竟然帮着她瞪了我一眼。

"找我什么事?有话快说。"我说。

她笑了,嘴角因为做了面部提拉而上扬得过于夸张,不仅露出后槽牙还露出了整个口腔,说:"我真的不喝酒的,姐姐。我老爸是一个酒鬼,所以我特别讨厌喝酒的人。而且你知道他是怎么成为酒鬼的吗?"她没有理我想不想听,继续讲道:"他和我妈都是东北一个钢厂的工人,两个人在同一个车间。他们二十多年前的主要工作就是在一起扫烟囱,不知不觉地就谈婚论嫁了。我妈后来有了我。他们工厂裁员,我爸为了不被裁掉就跟厂长的女儿谈了恋爱,后来厂长女儿也怀孕了。我爸被厂长开除了,他没能飞上枝头,天天在家喝闷酒。哦对了,厂长女儿把孩子流掉了,要不然我也成了别人的姐姐。"

"你到底想说什么?"我问。

"人生里有些事就是不知道怎么搞的就搞砸了,像你和我家程维。或者像我老爸,他想要的都有了,有他爱的妻子和孩子,他在做着这一生想做的事。扫烟囱在他那个年代很伟大的呢。但不知怎么搞的——又有谁知道他该怎么做或为什么要那么做呢——他的酒喝得多了起来。"她转着手中的菠萝,眼神中露出一种冰凉的空洞,"他能一晚上喝掉两打啤酒,然后把那些啤酒瓶一个个地揭了商标,摆成一排。他让我妈跪在他面前,问她问题。只要她答错,他就砸一个啤酒瓶在她脑门上。"

我听着有点难受了,眉头紧蹙,插不上话。

"她小学都没读完,怎么可能回答得上来'成吉思汗远征最远的地方是哪儿''溥仪的第二任老婆叫什么名字'?多可笑啊。他在问这些问题的时候,手里攥着一个酒瓶,喝一口砸一个。他给的解释听起来理所当然,他说厂长女儿上知天文下知地理,比我妈不知道强几百倍。我妈……那些年,真的隔三岔五就被送进急诊室。她总跟大夫说是自己不小心磕的……"

"你这是家暴,应该报警。"我说。

"这是家暴吗?我以为是爱呢。"她忽然停下了手,菠萝倒向我这边。

我扶住了菠萝,说:"这肯定不是爱。"

"姐姐,您能把程维让给我吗?"她打了一个冷战,然后缩了缩鼻孔,"我想让他爱我。"

"如果我说不呢?"我问。

她跟许多成功上位的第三者一样,最喜欢替现男友争取权益。哪怕是说谎或编故事,她们的眼皮都不眨一下。然后,她补充道:"你不同意的话,那你就要还我们钱。他给你的一万块启动资金,这是我们的钱。"她特意强调了"我们"二字,强调了两遍。

我以为我听到这话会直接把没喝完的金汤力泼她一脸。但事实上,我没有这么做。在认识郝大小之后,我发现我变得勇敢起来。勇敢的表现在于,我不会轻易表露自己的心迹或情绪。我确实爱过程维,可能现在还爱,但是生活要向前走了。他既然选择了她作为他的代言人,那我就要接受他的选择。生活不就是这样吗？一事接着一事，一餐接着一餐，一顿酒接着一顿酒，一个故事接着一个故事，你根本来不及骂"他妈的"。

我撂下了酒钱，转身拎起大衣走出门去。从酒吧的内庭到理发店装潢的外庭，我觉得我成功走出了他们的故事。都市人总是刻意将自己打造成"套娃"，用故事套住故事。在他们内心深处的那个"套娃"，最后那个，通常是空心的。

不过，我真心希望这姑娘的母亲不再受家暴的伤害，无论她说的是不是真的。

AVEC TOI

他们背后,清早的阳光透过梧桐树照进来,他们的头顶慢慢地晕起了一个明黄色的光圈。

这大概是我人生第一份工作,就像程维说的那样,在进入心怡影视之前,我的主业是"开淘宝店",副业卖面包和咖啡。

我每周二、四、六的上午会在家门口的 AVEC TOI 面包店打工,帮他们应付早高峰时刻熙来攘往的食客。他们不会给我太多的报酬,干一个上午的收银,也就几百块入账。但是他们会定时留一些面包给我,那些吃不完的剩下的我就负责"兜着走"。这里的客人有很多跟我一样,住在天平路 71

弄或者爱棠新村。中年人喜欢点一杯热拿铁，配一个全麦栗子包。年轻一点的会要一杯冰美式，再来一个橄榄恰巴塔。如果是像我这样的年轻女孩，则会告诉收银员，"冰美式少冰，谢谢"。

恰巴塔是这里的招牌面包，也是意大利经典脆皮面包。有人因它外观酷似"拖鞋"而称它"拖鞋面包"，外焦里嫩，一口咬下去会滋出浓郁的酵母味道。新客人来店里的时候，我总会推荐恰巴塔。有时候，我会掰开一块完整的给大家展示里面的橄榄。客人们围过来，拿着小竹签夹起一小块面包来吃，那模样总是满怀希望，吃完了又变得十分满足。偶尔会有人不赶着上班，他们坐在靠窗的高脚凳上，背靠着窗跟我攀谈起来。他们背后，清早的阳光透过梧桐树照进来，他们的头顶慢慢地晕起了一个明黄色的光圈。他们会讲一些跟欧洲有关的故事，好像吃恰巴塔必须要提欧洲似的。这些故事又总是跟失意和无奈有关，好像他们只要分享给我了就能缓解他们的失意和无奈似的。

有一次，一个谢顶的中年男人要了一个橄榄恰巴塔。他告诉我，托斯卡纳的橄榄是这世上最好吃的。他曾在一个橄榄核形的广场向他老婆（当时的女朋友）求婚，她当然答应了他。然后他们就结了婚，生了孩子，回到上海。但是后来，两个人都各忙各的，闲的时候就忙孩子。他知道他们不再相爱，可又没有分开的必要。他身边总是有姿色尚可的莺莺燕燕环绕着他,可他也懒得换老婆了。他说:"换老婆可不像换面包,不喜欢了再买一个就是。换老婆的成本太高……"

我和我们店门口的小灰(一只深灰色的英国短毛猫)竖着耳朵听他的故事,但他始终没交代他后来爱上的女人是谁。这些人的故事总是不完整的,仿佛他们从不需要一个完整的人生。但这和得过且过不同,从他们的衣着谈吐又能看出他们已经是这个社会的佼佼者。相比之下,年轻人讲故事时的痛感是血淋淋的。有个男孩啃着橄榄恰巴塔突然哽咽,他说他不想在上海继续瞎混,他的室友瞧不起他,经常怀疑他偷用他的剃须膏。还有一次,一个女孩说她住的学校宿舍一到雨天就漏雨。她跟舍监反映了几次,都没人来解决。某个雨天,她来到美术馆避雨,遇到了一个男的。她跟对方提到她宿舍漏雨的事,那男的就主动邀请她去他家做客。等她去了,她才知道,不是去"做客"而是去"做爱"。她讲这件事的时候也哭了,捧着大冰美式杯的她使劲嘬了几口,她还硬生生嚼碎了几块冰。她说:"我哪里晓得他是个天字第一号的大骗子,骗色就算了,之后还卷走了我的钱……"

他们讲到动情之时,小灰往往已经睡着了。等他们走了,我快要下班的时候,小灰才懒洋洋地走到阳光下,前肢挺直地伸了一个懒腰。它缓缓地抽动尾巴末端,在我脱下工服、套上自己的外套时，方才真正醒了过来。然后它目送着我离开，等我消失在它的视线中，它再不紧不慢地蜷成一团。后来，小灰成了我家的一员。其实，它只不过是从天平路搬到了天平路71弄，从一个"街头艺术家"转型成一个"男管家"。它照旧会陪我去AVEC TOI上班，在余下的时间里它就在家中上蹿下跳，它会跳上我的电脑键盘提醒我要跟它玩，跳上灶台看看我是不是在煎鱼柳，也会在我出门的时候挡住我的去路。它向来不喜欢程维，觉得他每次来我家都会侵犯它的权益。他出现的时候，它就会缩到我怀里。它用一种挑衅的眼神轻蔑地瞥他，仿佛在告诫这个情敌，"小馍是我的"。我有时也喊它"朕"，它一听到这个名字就得意洋洋地扭扭屁股，踮着脚在阳台的栏杆上走。它的模样，就像一个走钢丝的人。哦不，是走钢丝的"朕"。

  后来我用小灰的形象做了一套长款的棉麻开衫，这是我设计的第一件衣服。那件衣服非常简单，左胸口的位置有一个猫爪的图案。但是图案非常小，很多人都没发现。自此之后，灰色成了我的主色。不是说我非用灰色不可，但灰色确实已经侵入我的潜意识。最初，我会跟苏州的一个棉布厂进货，后来我发现这家布厂的料子水洗后缩得很厉害，就改用日本进口的棉布或棉麻混合布。虽然成本一下子升了一倍，但顾客体验却上来了。有网友评价我是"棉布界的川久保玲"。

我把这话转述给小灰听,素来高冷的它都兴奋地舔了一下我的手,以示嘉许。

郝大小在认识我后,身体力行地穿上了我做的衣服。她说是我的衣服凸显了她的气质。其实我们两个都知道,她这种"衣架子"身材,高挑纤细,穿什么都好看。当然,她上班的时候是另一副女强人的面孔,那时的她断然不会穿我做的布衣。她在职场不是灰调的。即便她不解释,我也知道,她在外人面前必须是个不断变换颜色的"女战士"。不过,夹在她两面性之间的地带,对我而言仍旧是一个巨大而未知的谜团。我想探索,但我不确定我应不应该主动去做。

一身灰衣的她刚在我家沙发盘腿坐下,小灰就蹑手蹑脚地跑到她身边蹭她的脚背。她假装生气地瞪起眼睛,小灰立马乖乖地爬到沙发的另一边。我从没见过那么听话的小灰。她与我在一起的时候大可不必伪装,我们会穿同一款的灰布裙,骑着同款的"凤凰28"自行车。她总是脚踩着车蹬,伸开双臂,在马路的中央绕着走 S 形。她的笑声比迎面开来的汽车鸣笛声还要大,从天平路转入广元路,再从广元路转入衡山路,她一路上笑个不停。而我则忌惮着"凤凰28"自行车的高横梁。我不得不小心谨慎,骑这古董车简直就像骑着一座活火山。

她笑着问我:"你知不知道 AVEC TOI 在法语中的

意思?"

"不知道!"我喊道。

"哈哈哈哈哈,你这个傻女人!"她的车溜到我身边,别了我一下。

有一刻,我怀疑这初夏落下的阳光是否是人造的,或者是我的错觉。因为我觉得,她经过的地方都被照亮了。

我当然知道我们店名的意思,那就是,"和你在一起"。

秀场前排

她们谄媚地跟周围戴金表的男人打招呼,或者兴奋地与好久不见的名媛伙伴们自拍合影,她们的情绪越热络,我的后背就冒出越多冷汗。

照镜子看到自己和在杂志上看到自己,压根是两码事。我的硬照看上去完全像另外一个人,一个因为P图过度而长得既像明星春夏又像超模刘雯的我。春夏怎么可能混合得了刘雯?关于这个问题,就要感谢摄影师、灯光师和修图师的功力。简直是鬼斧神工。那本杂志底色是薄荷粉,我穿着本属于"无花果"的那件黑色长袍,头发上别着同样来自于她的金扇子。我那模样就像是从日本流落到南洋的风尘女子。

我当然不高兴了,拿起杂志就往郝大小办公室走,在门口被姚秘书拦下。

她例行公事地问:"有预约吗?"

"没。我来问问这杂志的事。"我说。

"没预约不行,老板不是你想见就能见的。"她说。

"那我现在能约一个吗?"我问。

"不凑巧,老板这几天出差了。"她说。

"她去哪了?怎么没听她说?"我问。

"哎,"姚秘书倒吸口气,"你要明白,你是员工,她是老板。"

"你刚才还要我约时间呢,她既然人都不在,约什么约?"我噘起嘴说。

"我不吃撒娇这一套,"她无奈地瞥瞥我,说,"她回来的话我会跟你说的,你先回办公室吧。"

"那她什么时候回来?"我问,神情稍显急切。

"无可奉告。"她说。

在我准备离开时,她忽然叫住我,叮嘱我说:"这周六Max Mara有个时装发布会,在K11。下午两点开始,你去一下。"

"等下,你说什么牌子?"我疑惑的表情暴露了我根本没听过这个牌子。

"哎,"她又倒吸口气,将一打Max Mara的宣传资料与当季新品图录压在我怀里,"我们是个做时尚产业的跨国公司。

就你现在这样迟早会掉粉,粉丝不喜欢不学无术的'爱豆'。你给我好好看!不懂就问。"她的口吻简直就像我妈。虽然我对母亲这个角色完全没有印象,她和父亲都离开得太早,早到我根本记不得。但我的直觉告诉我,如果我妈还在的话,她也应该是姚秘书这种事无巨细、事事操心的"大家长"。

宣传册里的内容在时尚杂志里也能找到,我对比着印有我照片的这一期Figuro,陆续寻觅着"Max Mara"的踪迹。直到一件长款(长及脚踝)的驼色羊毛大衣映入我的眼帘,我在感叹只有超模的身高才能撑得起这衣服之时,被宋体小写的细细的价位吓到了——什么衣裳,一件竟要两万块?难不成是金子做的?而且在同季的其他衣物中,这件看上去再普通不过的大衣,既没有与流行色撞色,没有拼接材料,也不是镶着珠宝的粗呢外套,就连最常见的流苏、鱼尾设计都不舍得做,这款大衣凭什么就说自己最契合"时代的气息"(宣传册上用法文写着"l'air du temps",为了看懂这句话我特意下载了一个有道翻译APP)?再者说,这个时代的气息究竟是什么?我想,就连时代自身都搞不清楚。如果时代搞清楚了,每年就不会有那么多上海人抱着电视机倒着时差,准时收看纽约时代广场的跨年仪式。外婆告诉我,这么多年过去了,她那帮"上只角"的朋友依旧做着美国梦,对美国的"时代"抱有热情。

当我坐在秀场第一排，自人群中望去，我是唯一一个拿着 Max Mara 贵宾邀请函却没有穿它家衣服的人。开秀前 10 分钟，各种穿长款大衣的女人在我后面落座，她们谄媚地跟周围戴金表的男人打招呼，或者兴奋地与好久不见的名媛伙伴们自拍合影，她们的情绪越热络，我的后背就冒出越多冷汗。我的脊梁发冷，接着我走向拐角处的吧台，向负责倒香槟的男侍者要一杯温开水。他耐心地听着我的要求，但他的表情告诉我，他以为我是在同他开玩笑。我坚持说，我没开玩笑，嗓子疼，喝不了凉的。他这才放下手中托着香槟酒的银盘，不得已地向后厨走去。就在我倚在拐角处时，一只瘦骨嶙峋的手从我身边拿过了一杯酒，那只手上全是金银首饰，镶着比指甲还要大一倍的珠宝。她根本没想跟我打招呼，她另一只手又拿了一杯香槟。她搂着一个高大男子的臂弯向秀场前排走去。那鞋跟至少有 10 厘米，没有防水台，我希望她在落座之前先摔个狗吃屎。那女人就是无花果。

侍者这时候才把一杯热水递给我，他说后厨只有开水。我嘬了一口水（因为太烫差点吐出来），发现无花果身边的那个男人正在打量我。或者说，他正在扫描我，精确地检视我，连我每一节手指的长短、粗细，骨头与骨头之间的接缝都不放过。这时候，我的寒颤更厉害了，一个不小心，我手里的热水洒了一地。男侍者马上过来帮忙打扫。我在众人短暂的聚焦之中停顿了半秒，在侍者还没清理干净之前，随手抄起一杯香槟，快速回到我的座位。

那个男人就坐在我的身边，他一身都是 Max Mara 的羊毛羊绒高级面料。那种由纯手工剪裁、缝制的羊羔毛，会散发出一种独特的气味。我虽然不认识他，却觉得他准是个柔软的人。同时，那种香气会让人觉得自己距离对方很远，远到根本看不清他的脸。虽然实际上我们是肩并肩、脚对脚地坐在秀场的第一排。我的椅背后面赫然贴着"郝大小女士"的名字。我想他肯定是看到了，不然他不会像刚才那样打量我。

大秀正式开始的时候，我因为紧张过度已经喝光了手中的那杯香槟。别问我为什么紧张，我就是习惯性紧张的体质。这跟身边那个蓄须的英俊男子没有丝毫关系，好吧，我太紧张了，只看到他的这一个特征。在模特身着宝蓝色毛呢混合外套走过我面前的时候，我和他的眼光都随着模特的摇摆而移动，我那时觉得他应该长了一双宝蓝色的眼睛。而在紧接着下一个模特穿着金属元素的皮质镂空风衣出场时，我又突然想起了郝大小那双炯炯有神的灰瞳。后来又有一个系列的印花与桃心图案的雪纺纱裙，模特们神采奕奕地走，我们的目光追着她们。直到我听到有铅笔写字的声音，我微微转过头，大概45度，才看到无花果就坐在"蓝眼睛"的左边。换句话说，她就在我左边的左边，与我相距不到半米。

我们俩的眼神相遇了，接着快速离开。她小声在"蓝眼睛"的耳边嘀咕了一句什么，"蓝眼睛"的一边嘴角上扬了一下。如果她说的话和我有关，那一定不是什么好话，我更不想知道。后来我听见了，她在问他的意见，关于这季最红的大口袋设计，他们好像是要一起搞一次拍摄。我松了一口气，因为我对时装毫不了解，我也不想在这方面抢她的风头。毕竟上次 Figuro 杂志封底的事，我们已经闹得够不愉快了。我也是个设计师，不过我只给穷人和老百姓做衣服，不像她这样只给国际大牌带货。

郝大小曾跟我提过无花果在抖音直播间的销售能力，她确实在线上销售领域很有一套，无论价格再贵的东西，在她的嘴里都变成非买不可的终生投资。像这些昂贵的 Max Mara 大衣，她一定会这么说——"买一件顶一打男朋友！"说来奇怪，我倒挺认同她这个观点的，女人确实要靠自己，而不是靠男人。大衣你能穿一辈子还温暖如故，男人，不大可能吧？可她说归说，做的时候又使出另外一套。我一个秀看得好好的，却被她时不时向"蓝眼睛"抛的媚眼、发的嗲、无用的嘘寒问暖给恶心到了。这时候，假如郝大小在，如果她就坐在我的位置，那她一定会"嗖"一下跨上 T 台，直接抢过主持人的麦克风，朝着台下那个"嗲货"破口大骂。当然，她会骂得很文明，她会说："文！明！看！秀！懂不懂？"

我的闺蜜当然不会下不了台。郝大小说完这话，就会自动跟模特走成一列。她们差不多是时候谢幕了。此时，品牌的首席设计师也会从后台弓着背走出来。他走到T台最前方，双手合十向观众致谢。等他看到郝大小的时候，激动地在她脸颊上左右分别来两下。贴面礼，这是他们意大利人才有的礼数。最后，郝大小会轻轻地旋转着飘起来，然后带领这帮仙女走完最后一程。她的身上，里面穿着剪裁考究的大口袋马甲，外面披了一件最经典的 Max Mara"101801"大衣。她的每一步，都走得英姿飒爽。

　　想到这里，我咯咯地笑起来。无花果厌恶地白了我一眼。然后，我义正词严地告诉她，"文明看秀"。此话转述自郝大小女士。

下只角

> 依她的意思，只要你不刻意乞讨他人的尊敬，你就已经得到尊敬。

我一直在猜，郝大小出差是去了哪个城市。她可能正在德国慕尼黑啃猪肘，或者在瑞士采尔马特滑雪，再或者是回到了她的家乡意大利，去看今年马上开始的威尼斯双年展，她也有可能正在波士顿的唐人街吃一碗酸辣牛肉米线。但我又想她可能不会去美利坚。用她的话说，"美国的一切都太新了"。美国俯仰皆是的新城让她感到窘迫。她还告诉我，她讨厌美国人故作热情而组织的"迎新小组"和"亚洲姐妹会"，屈指可数的几次北美旅行都让她反感。我枚举这些"可能性"

的时候特别心虚，因为我发现我并不了解郝大小（我只对她透露过的信息了然于胸）。她的世界比我宽广得多，承载的梦想、欲望、希望也比我多得多。这一点，是我唯一清楚的事。

她消失的日子，上海一直在下雨。这种天气让我对她的猜测停不下来。不凑巧的是，养老院一早打来电话，催我冒雨来看看我外婆。接线护士非常紧张，我真以为外婆是出了什么意外。上海的早高峰堪称恐怖，而在下雨的时候，平日里穿高跟鞋走两条街就到公司的白领为了不淋雨宁愿挤地铁，这时候地铁"毫无人道主义同情"的一面就更肆虐地展现在你面前。我在上海图书馆上了地铁，在陕西南路就下了车。相当于我从徐汇区坐到了静安区，还没出静安区就被强行挤下了车。我拎着一把湿漉漉的雨伞站在车门外，还没反应过来发生了什么，地铁车门就关上了。那个把我成功挤下车的年轻男士一身军蓝色的西装，领口上还沾着一些面包屑。我卖面包的经验立马告诉我，那是Lawson便利店卖的早餐包。然而你要是上前问他早餐吃的什么面包，他却会回答你说，吃的是昨晚和公司同事团建在米其林二星餐厅带回来的帕玛森芝士挞。

出了地铁站，大雨铺天盖地哗哗而下。我在一个霹雳落下之前，找到了共享单车的租车点。骑上车，我获救一样继续往虹口去。这雨的震颤太大，几乎遮住了我的视线。我的眼镜被雨水和我的呼气搞得模糊不堪。视线模糊的时候，我骑得慢了一些，我听到不断有机动车在"嘟"我，驱赶着我。但我不愿意也没办法再快了。红绿灯亮起时，我会扬起脑袋看一眼天，黑暗暗的天空已经缩成了一个眉头紧皱的老人的脸。我身边没有一个陪我骑车的人。在内环高架下偶遇的几个人、几架自行车也飞快地躲进这座城市的摩天大楼里。他们没有机会闻到柳营新村附近的丁香花，在雨中弥漫整条街的香气。这种味道淡淡的，萦绕在弄堂里孩子劈里啪啦蹚过的小水坑，藏匿在这沪上一千道湾和一千个嘴的记忆里。

我从小上的是下只角的学校，班上的同学爸爸妈妈都是外省人。我们不讲上海话，但我能听得懂上海话。因为外婆会跟我讲上海话，她告诉我，他们把河岸内凹的地方叫"湾"，好比江湾；外凸的地方叫"嘴"，好比陆家嘴。如果"嘴"的地域较小，形状更尖，那里就会被叫作"角"。这个"角"的用法也很特别，比"湾"和"嘴"还要灵活。

"如果有人问你，'侬住阿里搭额？'或者'侬住辣啥地方？'，你怎么回答？"外婆问。

"伊住勒下只角一只角。"我回答说。

"错，不读'giao'，跟着我念多一次，'goo'。"外婆摸着儿时的我扁扁圆圆的脑袋。

"goo！"我开心地读着。

"不要骗人，住这里不丢人的，晓得了？"她又问。

我使劲点点头。

她奖励似的在我的脸蛋上亲了一口。我非常喜欢她身上的雪花膏的香味，好像她是丁香仙子变的。又或者，她大大的衣服口袋里就藏着一株丁香树。

外婆从不避讳提起她跟着外公一家移民上海的情况，而且他们在移居之初不是没想过住在上只角。外公家是浙江台湖的书香门第，虽算不上是多么有名的大户，但祖上也有人中过秀才、在府衙里谋个文差做做。他们之所以选下只角，只是因为这里让他们更有安全感。外婆引述鲁迅先生的句子，这么形容过她刚搬到的地方："倘若走进住家的弄堂里去，就看见便溺器、吃食担，苍蝇成群地在飞，孩子成队地在闹，有剧烈的捣乱，有发达的骂詈，真是一个乱哄哄的小世界。"她是少数随遇而安的女子，住在这样的小世界半辈子，身上的香味非但没有散去，反而愈发浓郁了。

我赶到养老院的时候，雨出人意料地停了。值班的护士正是早上给我打电话的那个，她苦着个脸告诉我，今早卫生局来检查，说这几棵棕榈树和这些沙子有安全隐患，非要清除不可。我随着她走进病房，看到背坐在窗前的外婆。鱼肚白色的天空闪着光照在她身上。窗户开了一个缝，窗外的雨意偷偷渗进了些许。我走上前去，半跪着靠在她的膝头。她的手自然地抚摸着我，动作、节奏、轻重都跟小时候一模一样。然后，她说："疯丫头，你管管他们啊！他们这些坏蛋，可把我的大海给搬走咯。"她手里握着一捧银色的东西，我向她要，她有点粗鲁地把我推向一边。她小孩似的噘着嘴说："这是我的最后一片海，你休想拿走。"站在我们身后的护士赶忙上前扶起我，却也遭到外婆的攻击，她说："就是她放那些坏人进来的！现在她倒好了，又来装好人，门槛真精啊！"

我和护士相视一笑，哎，没办法，真是老小孩。外婆看着映满整个天空的白色发愣，她稀疏的白色眉毛拧成了一个疙瘩，好像想起了什么，用命令一般的声音对我说："下次你不带疯丫头来，你就不用来了。"我再问她："外婆，疯丫头是谁哦？"她沉默了一会儿，想不出来，最后只好咂咂舌头、挠挠脑门。我趁她开始发困的时候把她推到窗边，跟护士一起把她抬回到床上。她睡得很快，没等我们把窗边的护栏安好，她已经听不见我说话了。我悄悄掰开她的手，她的掌心揣着的是一团湿漉漉的银沙。

回到面包店的时候，已经是下午3点左右。替班的男孩告诉我，我迟到了一个多小时，耽误了他和女朋友的电影。我问他电影票多少钱，我赔给他。他说不用了，但他提出这周末他要和女友去普陀山，要我来替他两天下午的班。他明明知道我只做二、四、六上午，但因为我理亏在先，此刻也没法拒绝他。"Ok。"我只能这么说。他走了，把账面上一些没对完的单子交给了我。我想，这大概才是上海青年生活的常态——生活比工作要重要，尽管生活和工作都是得过且过，但工作一定是能不做就不做。所以，我花了整个下午来清单、进货。好在雨后的天平路没什么人，玻璃窗上挂着晶莹的水珠正涣散地反射着天空的光。

有一家三口在我们店对面停驻下来，他们在聊什么，就在两棵老梧桐之间。我忽然明白了外婆住在下只角的缘由，她想要的也许是这样一个松弛些的小日子。在她的日子里，不会有操老派沪语、宁波话口音的达官贵人不经意地问她，"府上住啥场化？"她也不需要设防，不必故意回答"淮海路""南昌路"或"陕西南路"。依她的意思，只要你不刻意乞讨他人的尊敬，你就已经得到尊敬。

我来到店门口站了一会儿，呼吸着雨后一尘不染的空气，心里像刚擦过的店铺玻璃一样透亮。

一场派对

所有人的眼睛都举到了空中,死死盯着Rapper即将要翻开的这副牌。只有郝大小回头看了我一眼,她狡诈地笑笑。

"康德一辈子都在柯尼斯堡生活,他就没离开过德国。这并不妨碍他写出三大批判,成为启蒙运动以来最重要的哲学家。我的意思是说,你们女孩子不要旅游,少去几趟日本嘛,省下的钱可以供一个小孩子啦!"一个我不认识的哲学家握着热红酒高谈阔论,他显然已经喝高了。从他宽大的枣泥色外套和他一直不断在扑棱的大到非常夸张的马甲来看,他对今晚的这个party(派对)期待已久。郝大小出差回来了,她喊来了整个上海滩所有好玩的人。这是她的形容,但在我看来多数都是过来蹭吃蹭喝的家伙。哲学家非要拉着我讨论人的先验权利与后天权利之间的区别，我起初是默默听着，但我发现无论我回答什么他都能继续就着自己的话头聊下去，我就躲到里屋的房间看几个大 V 打德州扑克了。

我站在其中一个秃头大 V 的身后，正好轮到他扔出三张黑桃，这时，他的四个对手中有三个迅速拿起他们的底牌看了一眼，又迅速放下。没看底牌的那个人，戴着墨镜的 Rapper（说唱歌手）撇撇嘴，但他很快加注。同时，秃头要了一杯橙汁。桌上没有人喝酒。以至于我打出一个酒嗝的时候，大家齐齐看向我，场面一度尴尬。又一轮看牌，娃娃脸的卷毛大 V 看牌后马上摸筹码，被另一个抹着人造奶油般厚重发蜡的大 V 取笑说："哎哎，call（跟注）不 call（跟注）啊你，别磨叽。"卷毛男没办法，硬着头皮推了一把筹码，他对着发蜡男耸肩摊手，跟着就 call（跟注）了他。Rapper 提醒发蜡男说："你小心他啊，他绝不会在示弱时被你看到。我太了解卷毛了，如果他准备要 bluff（诈唬）的话，他在 turn（第四街，指牌面上的第四张公用牌）上就不会做那个动作。"

他们说得热闹，我一个门外汉当然看不出个所以然。我只对他们的小动作感兴趣，他们兴奋了会不停地抖后脚跟，他们以为对手坐在对面就看不见了。于是更加兴奋地荡腿，随之瞳孔放大，这都是拿到好牌的天然反应。无论心机再深沉的人，也没办法阻止自己在机会来临之际的悸动。可惜的是，这几个人都是防守型选手，打来打去都在盘算自己那点筹码，对输赢看得过重反而玩得不那么尽兴。

郝大小的加入，打破了这个"僵局"。她一上手就叫了"10/20"（后来她跟我说这是她此生打得最小的局，友情局他们通常都不多叫），侍者给她端来一杯橙汁，她让侍者给她换成山崎 18 年。我躲到她的身后，屏息静静观察着。她的打法极快，上桌没多久直接拿一大叠现金和一小摞黑色筹码。等牌翻出来，杂色 589。郝大小用余光瞥了一眼，极快。她知道这是"Top Set（最佳组合）"，于是轻轻一扬右手，"Check（过）。"卷毛，"Check。"发蜡，"Check。"Rapper 看了一眼郝大小，"400。"接着秃头加注了，"1200。"郝大小想了一会儿，没有推筹码，而是数了 12 张粉色"毛爷爷"出来。卷毛跟着也数了 12 张钞票。下一张，"第四街"上出了一张"8"。秃头说，"Check。"郝大小依旧轻盈而快速地说，"Check。"卷毛的小拇指勾了一下大拇指，然后很快，"bet, 1200。"秃头又看了一次牌，他选择弃牌。郝大小后来告诉我，德扑专业词汇用"fold"来表示弃牌。秃头的脸色有点难看，他扭头对卷毛说，"I know you got this（我知道你手上有牌）。"好在在座的大 V 英语都很过硬，卷毛几乎没怎么反应，只是看了一眼郝大小的手。她的手，结合了杏子的香甜与杏仁粉的细滑，在这牌桌上一双双粗糙的不修边幅的大手中格外突出。牌面转到郝大小这里，她陷入了思考，最后清脆地说了一句，"call。"河牌出来，结果是"4"。郝大小盯着卷毛看了好一会儿，"check。"卷毛的手掌心开始冒汗，他的微动作明明是要"check and show"，但他的手一滑，鬼使神差地推了"all-in（全压）"。这时，局面上好久不作声的 Rapper 忽然喊了一声，"阿一西。"我这才发现他原来是个韩国人。接着郝大小看了韩国友人一眼，扔了一个筹码说，"call，I cover you（跟注，我掩护你）。"这时卷毛亮牌了，Rapper 随后也亮了牌。所有人的眼睛都举到了空中，死死盯着 Rapper 即将要翻开的这副牌。只有郝大小回头看了我一眼，她狡诈地笑笑。她是如何顶住这千钧之力，还能在结局揭晓之前早已运筹帷幄？结果不出所料，卷毛输了，而且输得很惨。可以说，他整个人都懵了。他向我要过我手中的酒，但他并不知道自己在干嘛。等他又能重新支配自己的时候，他在郝大小客厅的一个老虎机前坐着。他没有投币，单单就是坐着，他的屁股仿佛紧贴着一把锐利的剃刀。我问郝大小："这一局下来，卷毛输了多少钱？"郝大小端着一杯新的龙舌兰，说："不是钱多钱少的问题，这帮大 V 最怕输的是自己的面子。"

郝大小拉着我到客厅中央的一张天鹅椅上，我坐在脚垫的那部分，她坐在我身后靠背椅的位置。一个穿波西米亚长裙的女摄影师过来跟她打招呼，她见面第一句就是夸奖郝大小的这把椅子，"我从没见过谁家一个客厅全都是阿诺·雅各布森的杰作！哇，这简直太棒了！"郝大小说："欧洲很多人家里都有，只是也许你没去过那些人家呢。"女摄影师用衣领上的发卡别了一下头发，露出一个凸起的雪白脑门，语调依旧激动地说："可能我去过，但我都不记得了，怎么可能像您家这样令我印象深刻。"这时，一个穿白衬衣外套毛线长袖的眼镜男走了过来，他的插话明显是在帮郝大小解围，"我靠，多少年没见了。"郝大小给了他一个大大的拥抱。接着，他俩咕叽咕叽地说起意大利语来。女摄影师看了看我，出于礼貌地问："嗨。"我回她一句，"嗨。""你在读大学吗？看你的样子，像是个大学生。"我说："没有，我自己开一家淘宝店。""哦，"她马上叫了一声，好像踩到老鼠尾巴一样，红着脸说："淘宝，哦，很好啊。I believe（我相信），你在淘宝上学到的知识比我们这些在大学里接受高等教育的青年要多多了，不是吗？"我能说什么呢，嗯，我点点头。她接着问："你就没想过以后工作的事吗？现在在上海找工作都要看文凭的。""随缘吧，这种事勉强不来。"我敷衍着说。"我像你这么大的时候也是到处玩啊，后来去了美术学院混了个文凭，现在就在上海当摄影师，所以说，你还是得搞个文凭。"

说罢，她拿出不知从哪里掏出来的莱卡相机，对着我苦闷的脸"咣咣"按了几下快门。"额！"我发出一声苦闷的拒绝。她拍完之后又向我要了微信，她说照片洗出来了就传给我。她接着说："菲林相机才是永恒的经典，数码的不行不行不行。菲林才是时间的牵索，数码不是，菲林的那种质感之所以珍贵，在于它能够刻下时间。可是不得不承认，这个世界正在飞快地数码化，人不也是吗？就像你们网红，大势所趋，不然你怎么生存？"她第二次提到生存的问题，我开始想我家的小灰，想要走，想要回家给它清理猫砂。好在紧接着，哲学家端着酒挤进了我们的对话，他开场白又是长达五分钟的自我介绍。摄影师听说来者是哲学系的教授，双眼立马放光。不知道为什么，艺术家总是对学者有种美好的想象。我撤到郝大小身边的时候，她的手拉住我的手，我还能听到摄影师和哲学家兴奋异常地聊着纽约当红女导演葛莉塔·洁薇，他们在夸奖她在《弗兰西丝·哈》中自然生动的表演，后来又聊到一部叫《婚姻生活》的电影，以及葛莉塔·洁薇没结婚就为男导演鲍姆巴赫生下一个儿子的传闻。

我不知道郝大小家究竟有多大，很难想象在衡山路上竟然有这样一栋别墅。当然，我从来都是缺乏想象力的，正如女摄影师说的那样，我的贫穷限制了我的想象力，而我的想象力又将限制我未来的发展。

这座房子至少两三百年了吧,刚进来的时候我以为里面会是破破烂烂的。但门口身着燕尾服的管家一下就打消了我这个愚蠢的念头,这毕竟是郝公馆,怎么可能粗陋呢?郝大小真正的朋友,与她交谈甚欢的这个意大利人也来自她家的世交。他在跟我说话时,会顺着我的话题往下说,绝不会给我灌输他的思考。他问我:"你怎么认识 Harley 的?"我说,我们是在三亚。接着他马上学起了东北口音,问我:"东北省海南市?"我狂笑不止,因为我根本想象不到他能学得这么形象,闭上眼,活生生浮现一个乐呵呵的东北大妈。他见我笑了,又机智地调侃我说:"我猜你,是一个作家。"我拿过郝大小递来的卷烟,还在笑,"哦,我吗?我不是,我是一个开淘宝店的,偶尔卖卖面包。"他也从郝大小那里拿了一根烟,说:"Even better(倒是更好),那你肯定有不少故事。不然,你说说郝大小吧,你觉得这家伙是个怎样的人?"他这一问倒是难倒了我。我单手架着烟正在沉思的时候,郝大小一把夺过我的烟,同时用一本书挡住她的脸。她的脚夹在天鹅绒分体凳之间,没有看我,却说:"小心回答哦!"她拿的那本书恰好是我讨厌的一本科幻小说,但她却很喜欢。我随即讽刺她说:"这人就是品位差,不读书,没文化!"她的脚从夹缝中伸了出来,使劲踹了我的屁股一脚。"疼啊,有钱了不起啊?"我也要找什么东西打她,好在我的好帮手、这位新认识的意大利朋友给我递上了一个水晶做的烟灰缸。我正要向她砸去的时候，我们仨都听到旁边两个人打起来了——原来，女摄影师和男哲学家还在讨论葛莉塔·洁薇——女摄影师坚持这是爱情与自由意志的结合，男哲学家则坚持说这是一个丑闻；女人质问情愿给男人生孩子而不要名分的不是爱是什么，男人则说总有一些女人倒贴成性管不住自己的下半身。

在客厅里的所有人都束手无措之时，一个戴着大檐帽的诗人忽然出现在他俩中间，他没有试图调停这场战争。我记得，他只是端着他的小本本轻声细语地念了一首很长的诗。他念到后半段的时候，阳台上抽烟的钢琴家和小提琴家也加入了他的表演。我和郝大小、意大利朋友一同坐在天鹅椅上。我问意大利人："你和郝大小怎么认识的？"他说他们上了同一所高中——Liceo Tasso，意大利最好的文科学校。他俩在高中时曾合办过一个诗社。"那怎么解释，她看书的品位这么差？我已经不是第一次为她读这种东西而感到惊讶。"我问。他摇摇头，笑眯眯地望着我，"这个时代早就没有诗人了，醒醒吧，Amico mio（我的朋友）。"然后郝大小搂住我的肩膀，补充道："诗人只是一个 metaphor（隐喻）。"

我试图站起来，但我没能办到。兴许是"飞叶子"的劲上来了，但我感觉自己分明是被郝大小最后那句话给击中了。

这个客厅连着另外一个客厅,在那个客厅的尽头有一个旋转楼梯,我搞不清楚我是被谁搬上楼的,好像我的皮肤、肌肉、脂肪和血液清一色地从我身上滑落了。骷髅不会说话,但她可以笑。哈哈,哈哈哈,哈哈哈哈。

是什么将雨与伞联系到一起

她顶着我们店的工作帽,穿着我们店的工作服,下摆太短了,她的两条雪白的小腿全露了出来。

我醒来的时候,是星期六下午3点。手机主页面显示了十多个绿色条框,我轻轻刷了一下,才意识到完蛋了,今天是周六,我答应好要去面包店替班的。简单洗完脸之后,我就连跑带爬地赶去 AVEC TOI。从我家巷子到天平路主街的这五分钟里,我感到我的头要裂开了,脑仁被放在一个屉笼里,热气呼呼地从我脖颈下面往上蹿。

店外的窗户上又沾了新的雨渍,真没办法,我想我等下搞定店内的事,不忙了,再重新擦一遍玻璃。但我进门的时候才发现,一个长着洋娃娃似的眼睛的短发女人正站在我应该出现的位置。那双眼睛,那两条修长好看的手臂(虽然戴着我们店的麻布套袖),看上去真眼熟。这时只见她帮客人倒了一杯水,又多倒了一杯。她站起来,好像急着要去什么地方。她顶着我们店的工作帽,穿着我们店的工作服,下摆太短了,她的两条雪白的小腿全露了出来。她走向我,露出了我熟悉的招牌笑容,"馈海,我觉得在你们店工作很有趣哎!你们店的客人都很……有趣。"

"你的头发?"我瞅瞅她,又斜着眼瞅了瞅店里唯一的一个客人。客人听我这么一说,自然也瞅了一眼郝大小的头。

"毫无问题啊,帅不帅?我一直都想要一个男孩子的发型,这样我以后公司开会训话更有信服力。"她不以为然地胡噜了一下脑袋。

"你额头上有个旋,你不知道吗?"我皱着眉头指着那个被她揉得乱七八糟的头发帘,"有旋你就不该留刘海。"

这时,有新客人入店。我和郝大小都向她点点头。郝大小亲切地问这女人想吃什么口味的面包,或者喝点什么。她说这话的时候从门边走到角落给居一隅的男子加了点水,接着她又折回来,递了一个餐牌给女士。她隆重推介了她认为物超所值的下午茶套餐,"一个恰巴塔配一杯热美式只要28元,绝对是整个徐汇区最低价。"她的脸在餐厅吊灯的橙黄色灯光下,好看又略有些疲惫。如果不是我问她,她才不会主动告诉我,为了替我返工,她早上8点就起床了。等我从后厨换好衣服回来,那位女士刚点的美式咖啡已经上了。而且郝大小在黑咖啡的旁边,用银壶灌了两小杯牛奶,一杯是全脂牛奶,一杯是脱脂牛奶。

雨光粼粼的晚霭里,天平路上的男女老少行色匆匆。

我没说什么,我当时本来准备表扬她两句的,但我又觉得我不是这家店的老板,没什么可以表扬她的立场。而她也不是这家店的员工,不需要我狐假虎威地给她一些领导对下属才会表示的鼓励。店里的男人和女人起初就像一杆秤的两端,坐在彼此的绝对位置。不过后来,他们聊起了天气,男人说话的声音不像个男人,"不知道这场雨还要下多久?"女人喝完最后一口咖啡,用她的雨衣袖子抹了一下嘴,接着她拎起伞,说了一句本该男人说的话,"你去哪里?不然我搭你走吧。"他们前后脚出了门,撑起一把伞。我和郝大小相视一笑。在他们离开后不久,我们清了账,也拉闸结束了今天的营业。我们撑起一把伞,走入雨中。

摄影人心

> 我记得我并没有回头,但他却像海市蜃楼一样从不知何时起出现在了我的世界。

郝大小剪了头发之后,她自己都不认识自己了。她说,她每天早上需要对着镜子照很久,才能确信自己现在长这个样。她和我一起去摄影展,看到长发的自己被印刷在三米乘两米的胶版纸上,她端详着自己在反光的卡纸表面显影的样子,好像是在看另一个维度的她——幽灵般的灰眼睛,瞳孔周围一圈淡黄色。"又蠢又忧郁。"她是这样形容过去那个她的。她还说,当我跟她待在一起时,她就显得不那么蠢不那么忧郁。说这话的时候,我们转到了另一个房间,正面对着一张我俩的照片。照片中,我和郝大小脚心相对,不知道在玩什么游戏,可那确是我俩没错,笑得跟傻子一样的我们。

"怎么样,你们还满意吗?"一袭波西米亚长裙的女人说。果然,这些照片来自前几日的派对,拍照的正是那个我不怎么喜欢的女摄影师。再次见面,她换了一个颜色,露着背,但裙子的质地没有任何变化。

"这地方我还是头一次来,公寓外面'横五段,竖三段'的风格在上海很少见。"郝大小看着她笑道。

"还是您懂黑石公寓的价值,而且这楼用的是曲面,"她把自己刚拿的一杯酒递给郝大小,隔过了我。她看都没看我一眼,继续说:"其他来的那些人,别提了,都不懂我为什么非要在这里办展览的原因。复兴中路,巴洛克建筑,老洋房,正对着音乐学院,办我的展览,多么适合,简直perfect(完美)!"

我还在看我和郝大小的那张合影,图片的右下角一个男人紧靠着我,他的脸向这张照片的框外看去,只漏了一点茶色的头发、一只穿墨绿色布面牛仔裤的腿。还有,他挽起了裤脚。

"摄影,拍的其实是人心。"这声音很轻。

我记得我并没有回头,但他却像海市蜃楼一样从不知何时起出现在了我的世界。他带着迷迷蒙蒙的雾,带着水汽,用很轻很轻的声音洗着我的世界。他跟我说话的时候,我打了一个喷嚏。接着他去替我关上了公寓里所有的窗，进门拐角处的一扇，左庭的两扇，中厅的三扇，VIP 室的两扇（与左庭相对），最后是通向走廊的两扇。这间公寓不大，他关上了所有的窗户，室内逐渐变得燥热起来。不知道是因为客人越来越多，还是怎的，我的脸在他用右手拇指和小指点烟的时候，红了一大半。我绕到中厅的一面墙的背后，屁股紧贴着冰凉的窗台，脚微微翘起。他应该没看见我去了哪里，我需要一个人藏起来待一会儿。

我要让自己散热。同时，我一门心思地想着几天前发生的事。窗外便是复兴中路，入口处十米长的草丛把整个北立面俯瞰的视角都遮住了。我想着那天喝醉酒后到底还做了什么疯狂的事，可眼睛只好落在邻居的外挂空调机上。就在这时，他也躲了进来。他很瘦，但是骨骼很大。他的到来让这个夹缝里的空气（原本恰好够我一个人呼吸），立即变得浑浊起来。很快，他身上再明显不过的香烟味道占据了我嗅觉在内的全部感官。我的余光落在他手中那根烟红如花瓣一样的烟蒂上。它让我觉得好像有谁的手指正在我的头发里轻轻蠕动。我不自然地揉了一下头。在很长时间之后，他告诉我，他是从那个孩子气的挠头的动作起，爱上了我。我默默舔着自己的嘴唇，一遍又一遍，竟然丝毫没有发觉有人心念诡秘地一动。

我再看下一张摄影，是三组并排印刷、张贴在墙上的摄影。女摄影师向众人介绍，这是她、郝大小和我（她明显不记得我叫什么名字，于是用"郝大小公司的网红"来称呼我）对着同一些人物拍摄的作品。他就站在我的身后，对我说："你拍得最好。"接下来，便是社交开始的阶段。来客们围住郝大小，纷纷掏出了手机。他们有来自抖音和快手的"播主"，一直在问郝大小一些跟这个摄影展毫不相干的问题。

女摄影师落了空，讪讪地走过来跟我搭讪。她见到我身后的茶色头发男人，马上兴奋地问道："哎，你不是去戛纳了吗？这么快就回来了。"

"你的摄影还是老样子，没什么进步。"他答道。

女摄影师假装是无心一问地问道："你那个小明星女朋友呢？怎么没见你带她来。不会是被人家甩了吧。"她问完这话，眼看着就要得胜了，却被我的一句话浇了冷水。

我不知道为什么，鬼使神差地说："你是在说我吗？不是小明星，是十八线网红。"

这是我第一次承认自己是个网红，虽然我打心眼里抵触别人这么看我。他无比惊诧地看着我。幸好这时，一个采访完郝大小的记者认出了我，非要拉着我到我的摄影作品前。她说，她有几个关于"网红与摄影艺术跨界"的专业问题想请教我。

第一个问题，她指着我拍的郝大小问："您不觉得您拍的 Harley 女士是这三组作品中最漂亮的吗？"

我认真地看了看我拍的那张郝大小，她正叉着腰冲我喊话。我并不记得，她那晚是否真的做了这样一个动作。"她本身就很漂亮。"我说。

"嗯，但您拍出了别人拍不出的美，就是怎么说呢……"记者顿了一下，说："有一种神秘的东西，你瞧她的脸，略带愠色，但其实心里是高兴的。"

我想她说得对，就没再继续"添砖加瓦"。

她问的第二个问题是关于这组摄影的意义，"您和Harley 之间究竟是什么关系呢？除了老板和下属的关系，我觉得你们特别亲近。"

"你为什么这么问？"我说。

"你们俩的摄影，给我个人的感觉，就像是一个硬币的两面。总之，挺互补的。"她指了指其中的两张照片，分别是我拍摄的无花果和郝大小拍摄的无花果，以及我拍摄的上次秀场见过的无花果的男伴以及郝大小拍摄的那个男人。

"这是无花果？"我问。

"对啊，不是您公司的同事吗？"她问。我们都看了一眼照片，我拍摄的无花果正在揉眼睛，她看见我在拍她，下意识地用手挡住了镜头。而郝大小拍摄的无花果则是眼波流转的风韵娇娘，这根本是两个人。记者笑了，她说："还为了上次网上的骂战生无花果的气啊？偷偷跟您说，我是您的粉丝。"

我的脸更红了，就像有人在我的两颊强行注入了红色的玻尿酸。我隔了一下回她道："谢谢，谢谢。不过那个男人是谁？"我指着秀场碰过面的那个西装男说。这次，在我的摄影中，他穿了一件看起来价值连城的骆马毛针织衫。他在对着我笑，好像对着镜子面朝自己的那种微笑，极其自然。他悬着两肘，收拾着他的丝绸领带。这一切的动作都被我拍了下来，而我，就像这摄影对象的一面镜子。

我刚认识的那个茶色头发的男人也走了过来，他看着我拍摄的另一个男人，不禁感叹，"你拍出了1950年代好莱坞电影的感觉。《日落大道》里面有位裁缝就敦促你拍摄的英俊男人说，'反正她掏钱，为什么不拿那件骆马毛的呢？'"不光是我，包括他在内的人也被这张照片吸引。大家都看到了那件纤维分明、材质奢华的骆马毛衣服。

记者没有继续就着骆马毛问下去，她最后问了一个问题，"能不能透露一下您目前的情感状况？网友们其实都很关心，因为之前您被渣男劈腿了，而且还被一些不明真相的吃瓜群众说成是'绿茶婊'。我今天跟您本人聊完天之后，更清楚您是无辜的。"说着，她从双肩背包里掏出一个带着自拍杆的手机。她熟络的动作让她只花了3秒就打开了直播间。

我知道她正在直播，窘红的脸和我同样窘迫的情绪双双达到了一个极限。我感觉全场的来宾都盯着我看，他们都成了直播内容的一部分，所以他们关切的眼神集中地打在我的背上。如果不是文治，我想我的脸眼看着就要痉挛了。如果他没有拉我逃离这个地方，我的脸不幸地在直播中抽得变了形，那么不用五分钟，网络上又会有铺天盖地的类似"'土味の超模奶奶'假脸僵硬，疑似注射太多玻尿酸"的帖子发出来。他在郝大小的注视下，在众目睽睽之下拽住我的胳膊往门口跑。记者追了出来，她还开着直播。我们来不及按电梯，只好奔向楼梯。在黑石公寓的楼梯里，每说一句话都有绵长的回音。我听到记者在跟线上观众说："太刺激了，真没想到，在这 1924 年建立的老公寓里，你和我共同见证了新时代网红一段荡气回肠的爱情。"尾字"爱情"回响了两遍，我们在"情"字坠落之前走出了黑石公寓。迎面碰上跟我们擦肩而过的一对男女，我身边的文治跟无花果身边的"骆马毛男人"打了招呼。他们好像格外熟悉似的。他清脆而快速地喊了一声他的名字——"郝亮！"几乎同时，我们听到记者高喊："直播间的收看人数已经突破 20 万！"这句话很快盖住那男人的名字，然后，我和文治消失在青雾袅袅的月色里。

郝亮

"所以我们改革之处就要与众不同,我们的网红也要参与提案、负责策划,第一组合作就从无花果和袁小馍开始。"

小灰开始掉毛了。这样说有点不够确切,它其实每天都在掉毛,但是这几天赶上了它进门之后的第一个脱毛期。它的肚皮下面那层白色的绒毛开始大把大把地脱落,它轻手轻脚走过的地方,它希望不着痕迹舔过的地方(例如我家桌面上摆的薯片、水果和肉干)都会留下一撮撮的毛。即便你清早起床清理了,到了晚上你回家的时候,满屋子又会飘满绒毛。小灰不好意思地把自己掉下来的毛攒成一个小白球,像玩我平时织的毛线球一样玩了起来。它的不好意思通常不会持续超过五分钟,等我到家往沙发上一瘫,它又不怀好意地过来蹭我。这绝不是亲近,只是为了把自己腹部的毛蹭掉。它多么希望困扰它的毛可以粘你一身,让你吸进鼻腔、吃进嘴里,或者索性挂在你的睫毛上。

就这样,文治还是夸赞小灰可爱。我讽刺他是"虚与委蛇""见猫下菜碟",根本没有真诚可言。他笑着追着小灰拍照,拍了许多小灰挠肚子、打滚的照片,又拍了几张我极不情愿地被小灰蹭毛的照片。小灰玩累了,就往我腿上仰躺着摆"大"字。这时它的爪子一阵蜷缩一阵松开,文治逮准了它张爪的瞬间搔它的痒,这个平时胆大包天的家伙就一下子打起了哆嗦,它贝母色的白腹底抽搐了几下。接着它怕了起来,跳到文治的肩膀上。以它的逻辑,它肯定在想,"最危险的地方就是最安全的。"我印象中,除了郝大小能搞定小灰,还没有人能制服得了这个"小皇帝"。

那天我和文治提早走后,郝大小意外地一个电话都没打。反倒是我先耐不住性子,给她去了一个电话。大概是晚上11点,她接电话的时候嘴里正在嚼着什么东西。我问她怎么还在吃,她就埋怨我走了也没带上她,摄影展的晚宴太难吃了。她尤其提到了一道牛肉意大利炖饭,"我一定是吃了'假牛肉',肉比饭还硬,跟钢镚子一样!"我抿着嘴听她说,不知为什么心里有点高兴,但不是幸灾乐祸那种。至少,我知道,我不在她身边,她吃得没有我想象的好。她在询问文治和我后来去了哪里之前,又随后扯了一些别的,例如:她对无花果那天穿着的粉红斗篷表示不解,对女摄影师后来追着记者们要交换微信的行为表示不齿。

"但无可厚非,这就是 party 的本质,谁来了谁走了谁做了什么说了什么都不重要,没有人真正关心别人。但是……"她说着,在此忽然转折了一下,"我还是关心你,所以……"

"我们刚认识而已,什么都没发生,只是朋友。真的,我骗谁也不会骗你。文治正在我身边,你不然直接问他算了。"我说了他在我身边这句话后,立马后悔了。我知道郝大小肯定不会让他听电话。

"哦,他在你家啊?我的小灰灰没有咬死或挠死他吗?一山不容二虎。"她说。

"除非一公一母,"我接着她说,"文治正在给小灰拍照,它好像挺喜欢他的。"

"这个叛徒。"这时她已经不再吃东西了,她补充说,"干妈再也不给它带小鱼干了。"

"你觉得文治怎么样?"我问。

"你这个'怎么样'指的是哪一方面?"她说着眯起了毛茸茸的眼睛。我能听到她睡衣外面的羊绒披肩从一侧滑了下来,她晶莹瘦弱的锁骨露了出来。

"摄影吧。"我不知道自己到底想问什么。

"你还记得我 Instagram 上的那张头像吗？我抱着一个大西瓜狂啃的那张，就是这家伙拍的。"她说。

"哦。"我没再说什么。

"你，你们要睡觉了吗？"她忽然问。

"我要睡了。他要回家了。"我回答。

"哦，好。"她也没再说什么。

挂了电话，我想起我原本想问她，为什么女摄影师的展览会有无花果和郝亮的照片，这也就相当于在问，为什么无花果和郝亮会出现在她的私人派对上，我还想问，郝亮是谁，他和郝大小是什么关系？最后这个问题，没想到，到了第二天中午就得到了解答。

周一上午公司例会，郝大小特意一早让姚秘书到我家门口来接上我。她并不是为了方便我上班，而是不希望我迟到。我受到这么隆重的待遇，正心有戚戚的时候，才发现公司里各个部门的人都比我早到，从没见过这么齐整的心怡影视，从上到下二百多名员工个个都穿得跟姚秘书一样，男的打着领带，女的穿着职业套装。就连平日里裙子不过膝的"白狐狸"无花果，都照葫芦画瓢地穿了到脚踝的长裙。那条长裙是半透明的雪纺质地，透出了无花果里面穿的是一双鳄鱼皮的长靴。

所有人的脸上都是半副不安混了半副期许的表情。我站在姚秘书的身边，向她小声打听等下是不是有什么重要事情要宣布。她依旧一副公事公办的样子，抬了抬眼镜说："反正不是裁员。再说了，你要是努力干活，为公司多赚些钱，你也就不会这么问了。"我不担心，但我也懒得跟她辩论。我绕到她身后的方向，在茶水间给自己煮了一杯咖啡。在等咖啡的几分钟里，外面有动静了。我听到大部队摩拳擦掌的声音，接着传来郝大小的声音，她似乎拿着一个麦克风在说："2020年将成为互联网为基准的时尚行业的'觉醒之年'。根据麦肯锡刚刚发布的'全球时尚指数'预测，2020年的行业增速会放缓4%-4.5%，但是大中华区依旧会领跑美国成为全球最大的时尚市场。我们集团目前共有83名网红，可能在明年我们会扩大一倍，发展到200名代理网红，300名签约网红及500名左右的合作网红。我们希望将线上的网红发展模式与传统的时尚出版、时装销售、平面设计结合在一起，颠覆普罗大众对'网红'这个词浅薄、庸俗的刻板印象，我们要做的不仅是引领时装潮流，更要为社会提供一个鲜活的声音。"

我端着咖啡站在人群的尽头端详郝大小，她讲这话的时候完全像另一个灵魂罩在她的身上，或者说不仅如此，她只要是顶着"心怡影视"这个牌子出现在公众场合，她就有什么不大对劲。而且你观察越久，就越会觉得可疑。可你又不能说这是她的另一面（尽管这就是事实），因为是她的家族身份才让她能有勇气卸下这些所有她已经拥有的而跟你来交朋友。她的轻松可爱，就像潮汐过后变浅了的海滩，有鱼和污浊的东西从你脚边掠过。

她说到"鲜活的声音"之后就又请出了新任的营销总监，据她介绍，这位才俊正是她命姚秘书从香港挖来的麦肯锡资深合伙人。她特意强调了一下，二十出头的年纪就能做到资深合伙人的，亚洲只有这独一个。她说，在座的许多同事在上一期的 Figuro 封底策划开始就已经跟他打过交道了，之后他会全职负责所有与策划、推动策划、市场宣传有关的业务。"我相信郝亮主编已经步入正轨，并且会很快在各位同事的配合下渐入佳境。"她笑着端起手腕，鼓起掌来。全场也跟着掌声雷动，女同事们鼓得尤其热烈，她们炙热的眼光都凝聚在高个子男人的蓝眼睛上。我听到有人在议论郝亮与郝大小的关系，有人说郝亮原本就是 Harley 家族的人，持有 8% 的股份，她们说他的加入是为了巩固整个家族在国内时装界的位置。随之她们又说，心怡影视的对头公司天蓬集团最近拿到了投资人将近两个亿的融资，大概是出于竞争压力，郝大小不得不倾举家之力来守护"心怡"。

郝亮上来讲的第一句话，便接上了郝大小刚提到的"鲜活"。他说:"我们前几年的网红培育经验都是紧跟着线上媒体走的,国内有了微博我们就抓微博大V;有了微信公众号我们就抓有影响力的自媒体人;有了快手和抖音,我们开始找一些年轻的带货量高的大V,就像我们跟无花果的合作;现在还有了直播、竞技游戏、小红书和一些更新的互动式社交平台,我们也应该思考一下,是我们追着时代浪潮走,还是我们自己去创造浪潮?"不得不说,他忽闪忽闪的蓝眼睛像极了郝大小,起初我以为他是故意为了美观而戴的隐形眼镜。但他身上那种Harley家族人人会有的自信美丽与蛮横的作风,很快就叫我相信,他和她就是亲戚。他们都具有一秒能将听众说服的气魄。在街上与上层社会的人擦肩而过,毋庸旁人佐证,就知道他是一个富家子弟,在全世界最好的学校里上过学。然后他快速收起了他眼里的光(他优越感的来源)对所有人说:"所以我们改革之处就要与众不同,我们的网红也要参与提案、负责策划,第一组合作就从无花果和袁小馍开始。"

我迅速从人群中找到了"白狐狸",与她惊诧地对视了。她的表情告诉我,她事先一点不知道这个安排。我举手正要解释,却被走到我跟前的郝大小拦住了。她说,让我先听郝亮把话说完。于是,我就像个被老师泼了冷水的小学生一样,落寞地戳在一边,等"老师"在放学以后给我个解释。郝亮非但没有解释,他还提高了"合作"的难度,他需要我俩在下周一之前完成一个针对秋季上海时装周的网红路演提案——要有创意且要符合市场需求,更重要的是,要彰显 Harley 的品牌价值,而不是我们自己的个人品牌。他把这一大通话统统讲完以后,最后,郝大小接过话筒宣布"散会"。

众人呈鸟兽状散去,只有我和无花果呆愣在原地。我看见她嘟囔着嘴骂了一句"靠",接着就回她那个"正 5 度"深灰隔间了。等我回到我"正 4 度"的浅灰办公室时,桌面上多了一台全新的 Mac Book Air。我对自己说,"完蛋了,看来是玩真的。"

躲在暗处的人

郝大小一直在抽雪茄,她像个法官一样轮流听我们双方的辩词。但我没什么好解释的,"我什么都没做"。

郝亮倒是没说要做 PPT,但既然要做报告,PPT 总要准备一个吧。我在制作之初就想到了来自无花果的各种阻挠,我们在内容上绝无可能达成一致。于是我决定只负责形式,露脸发言的场面活都交给她,反正她最爱出风头。我花了 3 天时间下载了 15 种超炫的 PPT 插件和光斑演示效果。这些当然都要付费,买 15 个插件送 3 个最新的企划版 PPT 模板。我做好之后就把电脑交给姚秘书,让她转送到无花果的办公室。等无花果把内容加进来,我们就齐活了。这样互不干涉的分工状态也许对彼此都最有利，她只要在我的框架里填"肉"进去即可，就算她再怎么能力有限，顺着我的"骨头"，她都不会走得太偏。

相比之下，文治做自由摄影师就轻松得多了。他说，他刚从复旦新闻系毕业的时候就在一家广告公司实习。他是他们组唯一一个新人，每天的工作越做越多，尤其到了晚上快下班的时候，同组的正职员工就会丢一些没做完的"边角料"给他，让他善后。"哪有让实习生善后的啊？可是这就是社会，职场就是专门欺负新人的。等你不新了，你就会随大流欺负比你更新的人。"他在半夜11点给我送党参乌鸡汤的时候，坐在我隔间的扶手椅上对我说。他还说："要不要我帮你跟郝亮说说？就算他新官上任三把火，也不该把火烧到你这里来。"不过我觉得文治说的有些道理，自从我来到心怡影视，还没真正融入到这个公司里来——我没公开做过自我介绍，也没人介绍过我。虽然同事们多多少少都从网上看到过一些我的消息，知道我是谁，但却都是点头之交。我对这个公司来说，只不过是"实习生"一般的存在。虽然我现在靠着一时的人气和流量，能为公司赚取一些名利，但这似乎始终都无法改变我的存在感。

文治说得对，我就像一个试用期的小女孩，今晚为了老板明天就要用的并购演示PPT要熬夜到凌晨。我留守在公司，一个人对着凌晨3点高档写字楼厕所里的蓝色塑料垃圾桶叹气。在我即将做完这份PPT的时候,我强睁着惺忪不堪的睡眼,发现电脑忽然蓝屏,我想我这时会马上打电话求助文治。可没等文治赶来,我就重启了电脑。那份PPT文档在重启之后,已经幡然不在。

这是文治陪在我的身边,我做编辑时随口给他讲的故事。他听后,一直在夸我很会讲故事,尤其是"蓝色"一词用得特别好。他帮我把鸡汤从外卖盒里盛出来,在我开始喝汤的时候,他就擎着手肘在端详我的脸。"我脸上有什么吗?"我左手捧着汤碗,右手单手敲着电脑,我猜我的样子一定很可笑。他转着身下的椅子,最后慢慢停了下来,他从口袋里掏出一部相机,对着我的脸按下快门。"额,"我捂着眼,显然是被闪光灯给晃住了,"你们摄影师都喜欢这么随便拍人吗?"他琢磨了起来,问:"还有谁跟我一样,喜欢拍你?"我叹了口气,说:"倒不是喜欢拍,就是随手拍,上次你的朋友,在黑石公寓办展的那个女摄影家。"他身下的椅子不再吱吱作响,因为他站了起来,开始在我不足15平方米的办公间里踱步。他问起我的身世,但他最想知道的还是我为什么不再上学。我向他解释了,我不是那种沪上名媛——有个富商老爹,白天只知道用漂流瓶,晚上就去夜场泡吧的女孩;也不是那种从小地方一个人杀到上海——去服装店帮人看铺子,进各种小杂货,外加帮人贴手机膜,在繁华的城中村村口摆卖,要靠吆喝赚生意的女孩。我说:"在认识郝大小之前,我的生活里只有我和外婆,三点一线都围着'养老院''AVEC TOI'和'天平路71弄'转。我不是没想过去念个大专,然后再考个大学,但我……我也不知道,好像那样的生活离我总有些距离。"他摸着隔间四壁贴得严严实实的灰色墙纸,掀起一个角,他缓缓转过头来,说:"你看这灰房子不过是贴出来的,它原本就是4块透明的亚克力板组装的。我觉得你不是蓝色的,也不是灰色的,你可以是任何颜色。而且你很敏锐,做网红可惜了,你应该做些更有创造性的工作。"我问:"例如什么呢?""例如,作家,音乐家,设计师,或者至少成为一名摄影师吧。你肯定比我拍得好。"我明明听进去了,但是却在这个时候悲伤地打了一个哈欠。他这时已经重新回到椅子上,帮我存档了PPT之后就替我合上电脑。他双肘支在桌子上,专心地翻看起由我作为封底女郎的那一期Figuro杂志。

周五中午我来上班的时候,所有人都用避之不及的眼光看着我。我起初还以为是我穿错了衣服,我低头仔细打量了一下,我周一穿的也是这件灰蓝色的格纹裙子,只不过多戴了一顶花格纹的贝雷帽。接着,没等我走进我的小隔间,姚秘书就把我叫到郝大小的办公室。进门我就听见无花果的哭声,她看见我进来了竟然装模作样地抹上眼泪。我站着,看不清她是蜷着腿还是半跪着,抑或是双膝跪地对着郝大小吐槽,但我清楚地听到她说:"还有谁能干出这种事?下周一就做报告了,除了她还有谁会故意刁难我?郝亮明明是给她一个机会,让她好好跟我合作,你看她连郝总的面子都不领。"我当然不服气,走到她身旁,说:"你起来。你倒是说说,我怎么你了?"姚秘书咳嗽了两下,说:"你真不知道?"我摇头,我能知道什么啊?我可是加班加点地赶了3天PPT,这跪在地上的家伙可什么都没做。郝大小一直在抽雪茄,她像个法官一样轮流听我们双方的辩词。但我没什么好解释的,"我什么都没做"。无花果反倒被这句话激怒了,她扑着粉的脸蛋惨白异常,她站起来的一瞬间用力推了我一把,冲我喊道:"不是你还有谁?谁会往我的 Mac Book 上泼硫酸?"姚秘书立马纠正了她:"泼的是咖啡,不是硫酸。"无花果不依不饶地继续说,"有什么区别?你以为就你做了PPT?我也在家做了准备好吗?我比较了我进公司两年来各种平台上收益的不同。就你,刚出来混,以为上了几次微博热搜就多了不起。如果我让你今天就在这里跟我做一场线上直播,你敢吗?有粉丝给你打赏、刷礼物吗?我告诉你,我的粉丝可是一个月挣 2500 都愿意花 1500 给我刷礼物的。"我被她挤到了桌角,只能身子往后一倾,但我仍旧挺直了脖颈,丝毫不怕她地说:"倾家荡产给你刷礼物这有什么好值得炫耀的?人家打工赚来的钱不比你在直播间里唱首歌赚来的钱低等!我看你这电脑烧得好!如果你的 PPT 做的是你如何如何牛逼的,我看不如不做!"

无花果气急了,脑门上透过粉渗出了大颗的汗珠。她瞥了一眼郝大小。郝大小只说了一句,"监控录像坏了,没有证据说这电脑是被人泼了咖啡。"她想说"可……",可她的面子不允许她再多说一句话。她觉得郝大小根本没把她放在眼里,便怒气冲冲地磕上了办公室的门。

姚秘书看郝大小的雪茄抽得差不多了,也打发了我。然后,她不徐不疾地走过去,帮老板剪掉将要燃尽的烟蒂。

做回袁小馍

会后,我冲着板着脸的"职业版"郝大小做了一个鬼脸,她回了一条微信给我——"Proud of you"。她说,她为我骄傲。

爱情从不像小说写的那样美好。它往往是滚滚而来,带着嗡嗡声让你的心"扑通扑通"跳个不停。文治选择在我最慌乱不堪的时候走进我的生活,这也许不是一个常人会做的选择,更需要勇气。我不明白为什么我在给他打电话说这件事的时候,我竟然会抽泣起来。他只是不发一言地听着,他让我把那份PPT的拷贝件发给他,他看看有什么能做的。收到我的邮件之后,他又问了我一些细节的问题,诸如"你和无花果是如何理解网红的?""不同平台的垂直用户和消费习惯有何不同?""心怡影视年收益的最大比重来自哪个平台?"我的声音一直在颤抖。我听到他从笔记本上撕下了几张活页纸,一边抄写下我说的重点,一边在电脑上同时搜索相关信息。

他在帮我重做 PPT 期间,一直保持着跟我的通话。在我快睡着时,他忽然问我一句,"你们公司要做的是把你们每个网红培养成小型的 MCN 机构啊?"我不明白"MCN"的意思,赶忙请教他。他说:"MCN 模式是国外成熟的网红经济运作方式,它本质上是一个多频道的网络产品形态,尽可能多的把 PGC 内容联合起来。而且需要相当大的资本在背后支撑,才能保障内容的持续输出,让网红的商业变现持续发生。"我不明白"PGC"是什么意思,再请教他。他又解释说:"你一个网红都不知道圈内专业术语啊?难怪你们公司需要你们自力更生了。"我拜托他快讲。"PGC 简单来说就是指专业内容生产。你看这几年起来的网红公司,基本都是 MCN 依托 PGC 的模式,从 papi 酱的 papitube 再到贝壳视频、嫜文化、古麦嘉禾,哪一个不是从大 MCN 孵化小 MCN 的'打法'?"他知道我那边听得云山雾绕的,紧接着又补充了几个例子,"还是拿 papi 酱为例,她的 papitube 旗下现在就有红得不要不要的'王咩阿''吃货请闭眼'和'滇西小哥',针对的人群也各有不同,但在范围上肯定是要越广越好,什么搞笑段子、美妆、电影、科技、萌宠、美食、旅行都要涉及。"原本是他记笔记的，到头来却变成我在誊写他教我的东西。他发来最终版的PPT时，颇为感慨地说："真好，我原本以为网红是被'批量生产'出来的，就像跳蚤市场上卖的那种平价商品一样。"我被他逗乐了，"哦，那你现在怎么看我们？"他想了一下，说："我现在是在一面温柔的镜子中看网红。这个时代可能最缺乏的就是个体的声音，像你就是一个休闲服饰博主，有点森女的风格，但又萌萌哒很邻家女孩的感觉。你在这个时代中固然不算什么，你关心的事甚至微不足道，但每样东西都有价值、有意义。"

我在周一的报告上，当着郝大小、郝亮和几个外国董事的面原封不动地重复了文治说的这番话。我还在微观、中观、宏观三个层面阐释了自己对网红经济发展前景的看法。在这个"流量为王"的时代，我们要的不止是"流量"，还要稳固地生产内容，这便是我所理解的"MCN依托PGC"的模式。在座的都没料到我会以无花果为例讲解"一条视频涨粉百万"是如何操作的，这其中自然也包括一脸愕然的无花果本人。她在被我点名之后，极不情愿地走上台前。她穿了一身洛丽塔风格的白色泡泡裙，而穿了一身黑的我就像她这个洋娃娃的产品经理。我对照着PPT和无花果本人，向所有人讲解道："如题，如果想要一条视频涨粉百万，首先要打好条条视频或直播等过百万的基础。网红这个事从来都是步步为营，急不得的。我和无花果设想的团队每周作业情况大致如下：一周 5 天的作业时间，每位博主依据实践情况，每周会有 2-4 天的拍摄任务，每天拍摄 5-10 条内容。我们均匀以每周 3 天、每天 7 条核算，一周拍摄 21 条视频内容，这样就能确保每天发两条视频，每周发 14 条视频，再扫除个别不能用的材料，每周还能屯下几条视频，以备不时之需！有人可能会有疑问，这样批量化的内容出产，能确保内容坚持优质嘛？答案是当然可以。不要忘了，每周拍 3 天，还有两天时间，会选择周五或者周一的时间开选题会，一切小组成员，包含摄像和编排，都会参与其中。我们争取不放过每一个选题和每一篇脚本，既然网红之战是打内容战，那么我们就要从源头上确保内容的有趣，而且态度要真诚。"我说得太快了，趁着换气的空隙喝了一口水，继续说，"我们的优势是，无花果目前已经有相当稳固的粉丝团体，而且粉丝们喜欢她时尚轻熟女的一面（我差点说成'绿茶婊的一面'），所以我们之后的品牌合作除了时装，也可以走走情感路线，把高不可攀的无花果打造成无话不说的'知心姐姐'。"我说这话的时候，无花果脸上虽然挂着笑意，却在桌子底下用高跟鞋狠狠踩了我一脚。就在我要发表结案陈词的时候，郝亮打断了我，他问："你说了那么多无花果的事，那你呢？"我没有因为他的质疑而打退堂鼓，我与郝大小对视了一眼，完全没有回应郝亮的问题,而是说:"我是个普通人,虽然我认识郝大小之后神不知鬼不觉就成了一个网红。但我生活的细节并没因此发生改变。无论是我给我外婆缝的棉袄,还是给我的淘宝顾客做的裙子,那里的一针一线对我来讲才是最重要的。我知道你们各位都很有钱,还有品位。我这么说,哈,可能听上去就像是上海博物馆里一节上世纪的老车厢在说话,但我这么说真的出于我的本心,我甘愿做那节旧旧的、笨拙的可能连铁皮都剥落了的老车厢。"

我说完了。终于,说完了。至少十多秒,会议室里没有一丝一毫的响动。大家都屏息等待,以为我还有什么肺腑之言要讲。直到窗外闪过惊天动地的一阵喇叭声,我们这帮人才从老车厢的故事里回过神来。郝亮跟郝大小耳语商量着什么。远看,他们确实长得有点像。尤其是在郝大小剪成齐耳短发之后,他们就像一棵树上的两只山雀,教人雌雄莫辨。

在我回到座位上后,郝亮当众宣布说:"这个老车厢的创意可以用在下一季的 Harley 杂志的封面故事上。就由无花果配合袁小馍来执行。"郝亮说完话,郝大小又发话说:"还有,袁小馍以后就叫'袁小馍'吧,网名统一改成原名,不要再用'奶奶'这个昵称。"会后,我冲着板着脸的"职业版"郝大小做了一个鬼脸,她回了一条微信给我——"Proud of you"。她说,她为我骄傲。

一只银色的发卡

他坐在朝阳之下,薄羊绒围巾搭在他的肩膀上,面包屑掉在笔挺的西裤上,他肩膀的另一侧是温暖的阳光。

"老车厢"提案通过后,一段时间里,无花果都和郝大小走得很近。虽然我不想承认,但我非常不高兴。姚秘书问我,怎么看上去有点闷闷不乐的,我当然不会跟她讲实话,我只能说我最近有点累。应付了姚秘书,我继续暗中观察她们俩的动态。但凡无花果让郝大小感到不自在了,我就抑制不住地开心。为了了解郝大小,我还问了文治,他是怎么认识郝大小的。他说是在一个局上,大家哄抢着玩一个游戏的时候。他已经不记得那是一个什么局了。我却觉得郝大小那么惹人注目，他怎么可能不记得她的出场。

　　男生和女生的审美也许就有这么不同。文治并不认为郝大小长得多么倾国倾城。他觉得，像郝大小那样的欧陆美女在米兰或威尼斯的街头每三分钟准能碰上一个，"老外嘛，年轻的时候都蛮漂亮。老了就像脱了水的番茄，一下子就瘪了，没法看。"他还对比了一下意大利北部与南部西西里岛的美女，后来又谈起了他在欧洲各国游历的经验。他说，他第一次在画报上看到我就知道我会跟他周游天下，他会带我去巴塞罗那、佛罗伦萨、塞浦路斯、阿维尼翁之类的城市。我不禁问他这些城市之间有什么关系？为什么要一起去呢？他说："太有关系了，这些城市都有自己独特的颜色，像佛罗伦萨就是红砖墙，阿维尼翁就是米黄色的……等我们有钱了就去这些地方，好好逛一逛，然后我要出版一本有你入画的旅行摄影集。"我问他这些问题的同时，手没停下一直在捋小灰的毛。小灰最近胖了一点，背上软乎乎的，把它举起来，分量也重了不少。我说："我不想就当个过客。如果去的话，我希望在这些城市住一段时间。我们可以在那边租个房子，生活在那里然后死在那里。然后，我们再叫上郝大小，让她做我们的邻居，好不好？"我没想到文治一个激灵站了起来，他说："不好。我们会去，但不是跟郝大小一起去。"他去阳台抽了根烟之后，回来跟我解释，"我不是不喜欢郝大小，就是不习惯你总是把她挂在嘴边。我要去一个只有我们俩的城市，不同的城市，不同的天空，在那里没有我们认识的任何人，没有郝大小。"

文治没有嫉妒——至少他是这么说的——他在接了两通他工作室助手打来的电话之后不小心坐到了小灰的尾巴上。随着小灰"喵呜"一声大叫，他和它同时弹开，飞到距对方两米开外的地方。小灰用充满敌意的眼神瞪着他，之后再用幽怨的眼神瞥瞥我。我发现，文治的妒忌心表现让他身上那种倔强和自我放纵的本性忽然冒出来。他是故意欺负小灰的，为了报复我。接下去，他看着小灰煞有介事地解释道："小灰，你知道有种吃核桃的方法就是用门缝夹一下吗？"我知道这话实际上是说给我听的，但我和小灰都没有接茬。这时，我屁股下面一阵振动。我用手一摸，原来是文治的手机。屏幕上显示，他有一条来自"10086"的新消息。我当下觉得奇怪，因为我用的也是中国移动，可我的"10086"从来不会在半夜给我发微信。文治十分紧张地夺过我手里的电话，然后没解释就匆匆忙忙地走了。

他第二天一早告诉我，他工作室昨晚临时出了点事。我没再问他究竟是什么事，我觉得既然他不愿意说，我又何必再问。就像这上海的早晨，所有人都在一段特定的时间内踏出自己的家门，奔向地铁、公交和网约车。他们牺牲原本做好的要买一杯咖啡和一个恰巴塔的计划,换取多睡几分钟的安逸。这样的选择,对我而言,尤其是对清理完咖啡机还要接着擦地板的我而言,没有任何介入的可能。至于他们为什么要多睡几分钟——究竟是不是昨夜喝得太多,或是加班到太晚,这大大小小的原罪、小罪、伪罪如雾霾天的尘埃一样呛得人难受。这些早上才会有的乱七八糟的念头,随着清早客人的一句"One Latte,Please(麻烦一杯拿铁)"都会烟消云散。

"One Latte,Please。"客人说。

我用力地擦拭着打奶用的蒸汽棒,然后抬起头捋了一下头发,说:"好……"我还想问他要全脂牛奶还是脱脂牛奶,或者豆奶我们这里也有,但是我发现眼前这个穿戴整齐干净,即便在夏天还要围着一个薄羊绒围巾的男人正是郝亮,我口吃了起来。"我我……"他没有一个褶皱的平滑手指正在翻弄我们的面包单,我看到餐单上那些手写的小字在他眼前摇曳闪烁,他说:"你推荐一个面包给我吧,随便哪个都好。"我给他从玻璃柜里取了一个番茄恰巴塔,我不知道为什么自己没取橄榄恰巴塔,可能我只想给他一个特别一点的,不是所有人都喜欢的那种味道的面包。他扫支付宝给了钱,拿过恰巴塔直接啃了起来,连盘子和刀叉都不需要。他坐在朝阳之下,薄羊绒围巾搭在他的肩膀上,面包屑掉在笔挺的西裤上,他肩膀的另一侧是温暖的阳光。

　　他接过咖啡的时候问我知不知道 Maison Margiela 这个牌子，我听见了、愣了一下并且对着他多眨了几下眼睫毛。他马上明白我的意思，于是将这个品牌的官网链接和一个介绍今年秋季新款的 PDF 文件全部转发给我。他没说我们公司是不是要和这个牌子合作，也没说这是否与下周的"老车厢"拍摄有关。他只是略微侧着脸，看着窗外的梧桐树，缓缓地喝他的拿铁。有几个年轻白领相继进了店，她们是在武康庭那边画廊工作的。我跟她们打了招呼，又按照她们惯常的喜好帮她们下单。她们你一言我一语地议论着抖音热搜上的新内容，声音像是百灵鸟在说话。然后她们停了下来，开始议论短视频里的女人，她们一时间展示了惊讶、艳羡、好奇、愤怒种种情绪。她们叫嚷着，难以理解"就她一个网红，凭什么跟我们国民男神在一起"。然后我伸了个头，瞬间就理解了她们的不理解，而且我也立马开始不解——因为她们议论的人不是别人，正是无花果。她正在接受某媒体的红毯采访，宣布（相当于是官宣）了她和当红小生许雨哲的恋情。我不解地看着坐在窗边的郝亮，他双唇紧闭，嘴上没挂任何表情。

　　无花果这个官宣恋情视频，我前前后后看了 5 遍。在我看到第四遍的时候，我恍然大悟她在视频结尾提到的拍摄可能就是指"老车厢"这个项目。而她提到的与国际大牌合作，指的就应该是来自法国的 Maison Margiela。我以为郝亮不会看我，于是特意装得漫不经心地看向他。没想到，他也正好朝我这边看过来。我感觉我刚才是不是给错了他东西，他一定是喝了酒而不是咖啡，只有喝醉了才会这样做——他走了过来，走向我。所有的白领都快速退散到他的左右两边。他在收银台前停住，将手上一个银质的字母发卡别在了我中分的头发帘上，轻轻一下。我仿佛听到他用同样轻柔略带沙哑的嗓音说了些什么，好像是鼓励我不要被无花果比下去或者让我无视无花果的存在之类的话。他走了之后，我再问旁观的几个女孩。她们却像疯了一样议论着郝亮的"颜"，用史无前例的兴奋语气热腾腾地聊着，仿佛她们都跟他很熟似的，完全忘记前一秒还在揶揄的无花果。那个发卡是字母形状的，银质，正面刻着大写的"Maison Margiela"。她们抢过我的发卡，非说郝亮定是在背面刻了什么表达爱意的小字。她们用漂亮的法式美甲翻来翻去，寻找着秘密。直到她们的拿铁、馥芮白和美式咖啡全都凉透了，才肯罢休。

有那么片刻我就是知道

她冲我眨眨眼。我笑了。有那么片刻，我就是知道，梦想不会就这么黄了。因为，这是我们的梦想。

"特立独行可以被视作 Maison Margiela 的代名词，最先表现在这位比利时设计师在他 1989 年的秀上，这场秀别具一格地在巴黎郊外的荒地上举行。不论是那时抑或现在，高级时装总在一定程度上代表着'特权'，而 Maison Margiela 在荒野里展示美，就是为了让人们开始专注于时装本身，而不是时装带来的标签效应或它背后的特权……"我不知不觉地读出了声，这是我从 Maison Margiela 官网上看到的一段话。

我想起了上次在秀场上遇到的那些"权贵"，他们的脸上的确印着"特权"二字。正如我坐的位置是郝大小的,她每次都坐在秀场第一排的正中间,无论任何秀,无论晴雨,这个位置都会专门留给她。这不正是她的特权?而且她还可以任意支配这个位置,将权力转让于我,那么秀场前排的座位就不单单是一个特权,甚至可以被看作是她的个人资产。所以我看到 Maison Margiela 说它要做的是颠覆这种特权之时,我对这个品牌竟然多出一种认同感。设计师 Margiela 先生本人还创作过以普通扑克牌制成的马甲,全世界仅有 5 件,每件最后标价 8000 到 10000 欧元,这种标价本身就是一次行动,挑战的是习惯了皮草和名贵布料的时尚圈。后来我查到,有人在 Maison Margiela 诞生之初就批评设计师说:"他的做法就像是粗鲁地掀起巴黎的裙子,泄露了一个骇人的秘密!"我喜欢这种说法,粗鲁地掀起一条老掉牙的裙子,不是挺好?

在"老车厢"专题开拍之前,我一整个星期都在家里忙着进货。受到 Maison Margiela 的影响,我对我之前用的棉布、麻布、棉麻混合布有了更大的信心,而且我希望加入一些环保材料,例如 PVC 材料和塑料袋。我从淘宝上进了一些 PVC,但是拼拼剪剪弄在衣服上之后总觉得差点什么。于是,我请业内资深权威人士郝大小来为我指点迷津。结果,她看了一下我家里的模特和它身上的"半成品",就命人把她家里所有不穿的衣服都拿来了。不夸张地讲,那些衣服至少价值几十万,叠起来有四五米高。小灰见到这些衣服眼睛都红了,它一直在山一样的衣服里钻来钻去、跳上跳下。郝大小说:"你知道为什么这个品牌在设计师销声匿迹十年以后,还能拥有持久的影响力吗?"她用领导人一样的气势,指了指"山"上的某几件衣服。我按照她的指示,一件件将它们挑选出来。她问我的时候,我摇摇头。她接过我的衣服,用一把刀把突出一块的特殊剪刀,快速而随意地将一件长裙剪成几段。然后,她拿出其中一段围在我的灰底布裙上,说:"因为它自由。你要想做一个好的设计,你首先要想的不是多少钱、卖给谁、怎么卖,而是专注于设计本身,挖掘你这条破裙子的潜力。"我刚想点头表示同意,但马上撇嘴说:"等等,你说谁是破裙子呢?"我抄起手里剩下的衣服就向她扔去,她第一回合躲开了,顺手把她手中的布条子砸向我。小灰也学着我们的样子跟布条子作起战来。不知道从哪里来的白色羽毛,在我们扭打成一团的时候,飘在空中,像北方冬夜的雪,飘得到处都是。"这是什么玩意?"我瘫在"山"的一边喘着气问。"能是什么?肯定是谁不小心把羽绒服扎漏了呗。"她反倒不以为然地喘着气回答。我们刚想静静等这雪下完,就看到小灰的模样——它被布条子完完整整地缠住,只露出个小脑袋——它还在使劲拉扯布条,可此时已无济于事,它呀,已经变成一个软绵绵的布球啦。

那天晚上,我们抱着这灰布球聊了一整晚。当我和郝大小在一起时,我们无所不谈。我让她看我缝衣服的全过程,包括我是如何穿针引线,如何让手工的线头看起来像机缝的一样工整。她说我的剪刀不行,于是把她那把从法国买回来的 ciseaux de couture professionnel 送给了我。她觉得我有天赋,这种天赋可能来自我的外婆。于是,我便跟她讲了,我小时候外婆在苏州乡下是如何为我做衣服的。"我的每件衣服都是外婆一针一线缝出来的,她还会刺绣。但她说刺绣是做给外人穿的,精美却不舒服;衣服是做给自家人穿的,除了舒服还得是舒服。"她跟我说,这一整座"山"都是品牌送给她的那种最不舒服的衣服,不是人穿衣而是衣穿人。她还说,她把希望寄托于我这个小同志的身上,我必须搞些革新出来,然后给她弄点舒适又好看的衣服。

这次"老车厢"系列的硬照拍摄地点选在了上海老站,一家郝大小有份入股的上海本帮菜馆子。之所以选在这里,是因为我们通过郝大小的关系可以随意取用慈禧和宋庆龄专列作为拍摄背景。为了能够全力支持我们拍摄,餐厅上上下下几十个员工在拍摄那天一早就在门口迎接我们。他们收拾出了几个老车头,清空了内部原本的桌台和摆设,把木地板提前打好蜡,还扯了两台发电机出来(说是为了配合我们拍摄外景)。打了蜡的地板太滑,这让盛装打扮的无花果穿着

Maison Margiela的木屐高跟鞋，一脚踏上去就差点栽个跟头。她一手扶住我，没办法，谁让她周围没有别人。她像扶了一个木桩子一样扒着我，手攥得紧紧的，态度却依旧蛮横无礼，连句"谢"都不会说。她穿了一件数字涂鸦拼接蓝色狮子狗图案的大衣，大衣下面接着一条裙裤。两件衣服均是开口设计，这让里面的那一层不知是裤子还是裙子的流苏细线薄衫露了出来。她看见我在端详她的穿着，马上说："看什么看？这是他们品牌大中华区总监昨天亲自送到我家里的，2020秋冬高级定制，不在你那本画册里面。找什么找，老土，别枉费心机啦。"然而你要是接着她的话，问她人家总监的名字叫什么，衣服的具体内容，她将立即被打回原形。我看她得意的样子就知道，这裙子准保是她自己花钱买的，或者是从买手店里租的。因为她刚刚侧身站起来之前，不小心掉出了她衣服里衬没撕掉的价签。

不过，就在这时，郝亮走进了车厢。他把我叫了出来，开门见山地告诉我："今天拍摄的衣服不够，可能你的部分临时就先不拍了。"我脑子"轰"的一声响，"什么叫不够？这是我的提案，我的创意啊。"这时，文治和他的摄影团队走了过来。郝亮指着文治说："他一早就知道今天的拍摄安排，我以为他跟你说了。"我看了一眼文治，他手中的单反相机差点掉到地上，我便知道他确实是事先知道了什么但有意向我隐瞒。郝亮接着又说："无花果因为跟流量小生好上了，现在有了一线的热度。其实品牌不在乎这是谁的提案，由谁来拍，他们可能根本不需要知道谁是无花果、谁是袁小馍，他们只要有流量就行了。你的部分，我之后会安排。"他的表情十分冷漠，他旁边端着相机不知所措的文治就像他的一个跟班。我想骂他们，但又隐隐感觉到这件事不会就这么黄了。我的"老车厢"提案，如果没有我，那就不是一个提案。文治蹑手蹑脚地把我拽到一边，解释说："我原本是想跟你说的，但他们选了我，我签了保密协议，这事拍摄前都不能透露给任何人。这样吧，宝贝，我等下跟无花果交涉一下，让她匀出来两套衣服给你拍，我们这期也让你稍微露个脸。"我甩开他的手，他后来说我当时的眼神极其冷酷而且带着轻蔑，我说我不记得了，我只记得我字正腔圆地告诉他，逐字逐句地说："我不是你的宝贝，我更不需要别人可怜我而匀给我衣服穿。既然是我的创意，那我自然会跟到最后。我们拍吧，就拍无花果。"说完，我裹了一下大衣，钻进了火车头。

拍摄进展得还算顺利，除了无花果的个人风格实在和这个品牌自由独立的价值相去甚远之外，一切都在掌控之中。以至于太阳落山之前，郝大小到来以前，我们基本上已经可以杀青。她不是一个人来的，她还带来了 Maison Margiela 的大中华区品牌总监，而且带来了十多套新衣服。她的入场总是那么奇葩而令人惊艳，她和总监先生一人踩着一个滑板，每人的肩膀后面还用手挂了几个套着透明塑料薄膜的衣袋。她踩在滑板上，活像一个蹬着风火轮的"哪吒"。她身后的总监就像她的老爸——"托塔李天王"。她不能怪我毒舌，谁叫她剪了一个那么短的发型呢，而且几周下来，她这个头发越剪越短。总监看着我说："就是她吧，that girl？（那个女孩？）"郝大小把一套全黑的极简款的套头衫扔给我，说："没错，这就是我跟你说过的那个傻子。"她可能说的是"傻帽"或"傻瓜"，具体的词，我记不太清了。

然后，我们就临时加拍了一组照片。拍的时候，我听见无花果在跟郝亮和文治抱怨品牌总监怎么可以这样对她。可所有人的目光都聚焦在我的身上，她只好自言自语地讽刺我身上的不过是 Maison Margiela 的副线品牌 MM6，好不尴尬。她套着最后一件的试装挤在镁光灯外的人群之中，她穿着粉红色的蕾丝蓬蓬裙，远看就像是一颗被人捏扁了的草莓味泡芙。

郝大小最后递过来的衣服正是我俩这几天在家设计的那套。乍一看，那套衣服和刚才我拍的那几套没有任何违和感。她把我往镜头前推了一把，挤出一个坏笑，说："别磨叽，先拍了再说。"她身边的品牌总监一直用疑惑的眼神盯着这件衣服，我看得出来，他一直在思考。他最后忍不住，问郝大小说："您从法国总部直接拿的货吗？还是跟老板本人拿的？这件应该是 Martin 早期的设计风格，对不对？"她冲我眨眨眼。我笑了。有那么片刻，我就是知道，梦想不会就这么黄了。因为，这是我们的梦想。

吃伐消你

我年纪不大,却谙熟沪上说话的规矩。当一个人想要用沪语把你拿住的时候,你用英语准能让对方吃酸。

郝大小跟我讲过一个故事。大概讲的是她10岁前都在意大利南部的小岛上生活,"从剪断脐带到10岁,我这个绝世大美女一直被困在女妖岛上。"女妖岛又名卡布里岛,位于月牙形的那不勒斯湾的入海口。从海边的峭壁看过去,对面就是苏莲托半岛上的苏莲托镇。于是,她牙牙学语时开口说的第一句话不是"爸爸妈妈",也不是"奶奶",而是意大利民歌《重归苏莲托》的"Vide 'o mare quant' è bello, spira tantu sentimento!"她解释了一下,中文的意思是"看那大海啊，多么美丽！"

直到她上了私立高中 Liceo Tasso，只身一人来到罗马，她才发现她不是一个白种人。我在听她讲的时候笑了，她用脚踹了我一下，让我集中注意力。她说她得知自己是亚洲人的那一刻特别惊愕，简直难以置信。因为从小到大，没有一个人跟她说过她跟他们不同。"你奶奶也没跟你说过你是中国人吗？"她刚想摇头却又点了点头，"好像有，但是她当着外人的面从来都是跟我讲意大利语，她让我觉得在外人面前，我们都是意大利人。"

她从来没提过她的父母，这一点反倒让我松了口气，令我不用捏造一些我父母小时候对我如何如何好的故事。事实上，我根本记不起我父母的模样，但我从我外婆（那时她还没生病，但我年纪太小，记事也不清楚）嘴里得到的信息是——"他们就是普通人的样子，两个胳膊两条腿，一个脑袋长在脖子上，你妈的头圆一点，像我，至于你爸嘛……总之，这人长得像刚度（傻瓜）。"我把这话复述给郝大小听，她竟然笑得喘不过气来。她说："哪有人说自己女婿长得像傻子啊，你外婆怎么这么搞笑，哈哈哈哈哈哈。"不是我夸张，只有刚度才会那么笑。她的笑声震耳欲聋，震得我家桌板、玻璃和卧室的床板咚咚作响，小灰听到都吓得绕道走。

过了这个劲，她把手放在她的脑后靠在沙发上，脚翘在沙发前的茶几上。她开始用手指抚摩她的头发，像是在摸别人的头发一样小心翼翼。我知道，她正在想一些事情。可她不说，我就没问。我小时候就明白了在大城市里生存的道理——别人不主动说的事，你就不要主动去问。即便问下去，大部分人的一辈子无外乎是"上学、结婚、求职、生子"这四部曲。稍微有点变数的，运气好的可以在生意场上发点小财。然而，这点小财反倒让人活得更累。做了合伙人操心的事更多，天天担忧自己手里那点钞票会贬值，害怕自己被人坑骗。

我以为郝大小纳过闷来，第一时间会向我倾诉她那半遮半掩、欲言又止的童年。然而，她却意味深长地对我说："你知道吧，无花果也挺不容易的。"我一听了马上停下手里的扫帚，把沙发靠垫往她身上扔过去。她稳稳接住，视若无睹地继续说，"她是安徽人，刚来上海那会儿一个朋友都没有。租房子都租不起。而且去面试了几家外企，她前后那几个不是剑桥回来的就是普林斯顿毕业的，她站在他们中间忍不住瑟瑟发抖，更何况同场竞争咯。"我看她并没有转换话题的想法，索性把小灰赶到她那边去捣乱。但她依旧在讲，她说："馍海，我知道你想说什么。但你和我这样在上海衣食无忧的人，根本无法想象她们那样的外地人在上海是怎样生活的。她刚来我们公司的时候，我们还是一个二十多人的小团队，她就是一个负责端茶送水、做案头工作的文员。可她特别努力，一个人能做 5 个人的活。有一次加班熬夜,她累晕了还是我送她去的医院。她当时打死也不上救护车,一直在问我,'叫救护车收不收钱?''钱会不会从我工资里面扣?'"我发现我开始在听她讲什么的时候,为时已晚,因为这时我已经被她带入无花果的故事中。我甚至无须回应,只要竖着耳朵去听就好。她还在说,双腿在脚踝处交叠起来。小灰爬到那个交叠处,舒服地卧了下来。"她病好后,我问她为什么这么拼,你知道她是怎么回答的吗?她告诉我,她必须留在上海,她不能也不愿意——早上还坐在丁香花园的办公室,下午就脱了漂亮的华服回家喂牛喂羊。"她说的时候完全没打哈欠,可她说完的那刻就像被人突然拔掉插头,闭上眼睛睡着了。小灰也睡着了,它的头仰靠在沙发背上,嘴半张着。

可就在我好不容易对无花果产生了一丝好感之时,微博上又爆出我的黑料。有人起底我过去曾经被人包养,说这话的人网名自称是"素食 Animal",他(或她)说的很简单——"我同学大学和袁小馍一个班的,她被小三了,还没人包,所以我刚上大学就知道她,所以讲真,她人设卖得很好啊。"就是这样一条艾特了我看似不经意的黑料引发了我的粉丝和无花果的粉丝又一场恶战。无花果的粉丝后援会领袖们像捡到宝一样疯狂转发这条推送,但很快他们就不转了,倒不是因为消息渠道可疑(毕竟只要是我的瓜,无论是否属实都够他们吃上一阵），而是因为事实上我根本没上过大学。

那么问题来了，既然我连大学都没上过，怎么可能去别人班上勾搭别人的男朋友呢？我的粉丝后援团团长回了一条微博，她是这么说的："现在微博上黑我们老大都黑出了新高度。你那么有空怎么不去黑《小猪佩奇》里面的小羊苏西？这么喜欢扒料造谣，不如去回答知乎问题，有工夫好好把小羊苏西研究剖析一下，研究研究卡通人物的身世问题是如何造成它性格扭曲的。"她的这条微博很快被后援团转开了，接着我的粉丝们开始以各种可爱的方式造我的谣。他们有的说："其实我跟袁小馍是穿一条秋裤长大的娃娃亲。"有的爆料称："我和小馍已经同居很久了，苦于她的事业处于上升期，我一直不能公开……"还有的简明扼要地放出话来说："把你们对袁小馍的痴心妄想都给朕咔嚓斩断！！！！！！"这应该是个男粉丝吧，我看他激动地用了6个感叹号。我有时真的不能理解这帮家伙，他们的爱豆都被黑成狗了，他们还能把黑料化解得如此云淡风轻。虽然之后无花果的粉丝还不依不饶地在知乎上发了新一波帖子，公开问询"如何看待袁小馍被曝当小三"的话题。这时，回应的人明显变少，而微博和抖音关注我的粉丝却变多了。

当天下午，我在公司茶水间撞到无花果，只跟她说了一句，"没想到黑我不成反被我圈粉吧？"从她端着咖啡杯气得发抖的手,我就判断出这波无脑黑料又是她一手策划的。她原本已经走到走廊,却快步折了回来。她走到我的面前,说:"你别高兴得太早咯,袁小馍,你以为我真是'吃伐消你'?"她离我那么近,又无端讲了一句上海话,着实吓了我一跳。

"Anytime(随时恭候)。"我可没被她唬住,一个英文单词恰如其分地从我的嘴里跌了出来。我年纪不大,却谙熟沪上说话的规矩。当一个人想要用沪语把你拿住的时候,你用英语准能让对方吃酸。

然而两个小时之后,事情又出了变化。夕阳倾泻进丁香花园的时候,姚秘书蹬着她的方头菲拉格慕皮鞋闯进我的灰色隔间。她的脚步声越来越近,等我从椅子上转过身来,她的模样就像是霜打了的茄子,我觉得她每个毛孔都要发出哀号。"怎么了,这是?"我问她。她将印厂的样本递给我看,说:"不知道为什么,印厂只印了上半部分,剩下你那部分怎么印都是空白。"我一下从椅子上站了起来,"怎么可能?我昨天交给你的时候还是好好的。"她顾不上用手绢擦拭,干脆用手抹去头上的汗,说:"我知道啊,我查了,咱们公司机器打的小样毫无问题,连色差我都校对了,不可能有问题。"我的脑海中浮现出的人就是无花果,还有刚刚在茶水间遇到她时她眼底那两大块黄褐色的阴影。我说:"肯定是无花果干的,我们找她去。""你现在去有什么用?为今之计是赶紧把空的这几页补上,"她拉住我,"郝主编已经让我把图库里的'秋季服饰指南'补进去了。"我警惕地看着她,嘴里的句子却越说越快,"那怎么可以?这是我们心怡在转型之后的第一刊啊,缺一页都不行。我倒不是为我自己,这肯定是有人动了手脚的。摄影师那边你问过了吗?郝亮你问过了吗?他们都不管吗?""就是郝亮郝总让我换的。"她依旧拉着我。"我去找他。"我轻轻推开她,清了一下嗓子。我不知道自己出了办公室就已经跑起来了,我听见她在我身后喊:"郝总在Shanghai Tavern!"我疑惑地扭了下头,这时我看到无花果端着手肘站在她办公室的门口目送我离开,她摘下了黑色蕾丝手套,用她光滑的手指着我说:"在艾迪逊酒店啊。"

上海之巅

> 站在江边的人羡慕站在塔顶的人,站在塔顶的人总以为自己就要征服这世界。

从南京东路地铁站走出来,没等我转身,人潮就推着我向前走。然而,今天还只是一个工作日,不是周末。游客的自拍杆戳在我的胳膊肘后面,就像有人端着一杆枪顶着你往前走。如果按照区域来划分上海最拥堵的地段,我想非黄浦区莫属。如果再按地段来划分拥堵,那外滩又肯定当之无愧。每天数以万计的游客从这一站涌出来,沿着黄浦江海风吹来的方向往外滩涌去。人叠着人,他们把对现代化、大都市的向往都投射在东方明珠身上。现在在对岸,还多了一个上海之巅可以供人瞭望。站在江边的人羡慕站在塔顶的人，站在塔顶的人总以为自己就要征服这世界。

我就这么跟着人流转了一圈，围着河南中路和九江路绕了整整一圈，等我回到原地时，我不得不问一下路口乞讨的老人家。他盘腿坐在地上，两腿中间夹了一块板子，上面写着"我是山东章丘人，前年来上海做生意，被人骗了三百万，而且被打断了一条腿。没人为我伸冤，政府也不管，我现在无家可归。你的每一块钱都决定着我今晚有没有饭吃"。我走近他，他忽然拿出一块印着绿底白边黑色二维码的牌子让我扫，上面赫然写着"微信支付请扫……"，我摇摇头，他又把这板子翻了过来，背面写着"支付宝支付请扫……"，我尴尬地笑了一下，我问："艾迪逊酒店怎么走？"他什么也没说，掏出了另一块板子，上面写着"问路十五，先交钱"。我扫了二维码后，他让我把支付成功的短信给他看一下。他确认收款之后，心不在焉地指着不远处的十字路口说："看见那个红绿灯了吗？右转，第二个口就到了。"说完这一句，马上换上头一块牌子，继续潦倒地盘腿而坐。

然而，我一进了艾迪逊酒店大堂就傻眼了。我发现我忘了姚秘书说的那个餐厅的名字。我给姚秘书发了短信，她一直没回。情急之下，我只好一家家地找。从29楼的顶楼酒吧到27楼的日本料理，最后回到1楼的大堂吧和西餐厅。终于，我在那家西餐厅的景观位找到了郝亮。他被一棵硕大的灌木植物遮住了，以至于我进门的时候根本没留意到他。他当时正在跟一个戴宽边墨镜的黑发老女人聊天，他们的对谈是用日语进行的。他看到我时并不惊讶，只是非常谦卑地跟那女人解释了一下他有点公事要处理（我听不懂日语，看他的表情猜的），然后就随着我到了酒店大堂门口。郝亮没等我开口，便说："杂志那边出了白页，我已经安排印厂去查到底怎么回事。如果要重新排版的话，肯定来不及，后天就发行了。除非排版没有问题，是印厂的问题，那么还可以一试。""你的意思跟姚秘书一样，也是劝我这一期就先算了？"我嘴上这么说，眼睛却没有离开那个留齐肩短发、穿一身奇形怪状衣服的女人，于是我问："她是谁啊？我能问吗？"郝亮苦笑了一下，"都什么时候了，你还管得了别人的事。她是一个非常知名的服装设计师，我在谈咱们公司跟他们品牌的未来合作。"我没想到他说完这话竟然带着我回到了他的座位上，并让我坐到他的位置，还将我介绍给那个知名设计师。他一开口，我简直受宠若惊。他先用中文说："川久保玲女士，这位是我们的一个同事，她自己也设计衣服。"接着他用日文重复了一遍。我一直以为这个设计师已经过世了。在我狭隘的认知中，"川久保玲"应该是一个老态龙钟的男人。她的那些立体化、破碎、不对称、不显身材、不修边幅的设计不都应该是一个男人所为吗？她没有笑，颧骨突出，双颊到笑肌的部位轻微地凹进去一块，她极其克制地冲我伸了一下手。我激动地站了起来，赶紧握住她的手。我那时太激动了，以至于都没来得及擦一下手心里面的汗。事后想想，我是从那时候起，真正想要成为一名设计师的。

也许，那次握手确确实实改变了我。在跟川久保玲握完手之后，我就直奔闵行郊外的印厂。我赶到的时候，文治已经在跟印厂老板校对新的版样了。我没想到，我会在这里遇见他。他见到我的时候舔了一下嘴巴，非常不好意思。他说："上次拍摄，我觉得对不住你，没想到后来杂志印刷又遇上问题，我怕你一个人搞不过来……"他还没说完的时候，我就走上前，给了他一个大大的拥抱。那个拥抱持续了三秒。之后，我像郝大小上身一样，拍着胸脯跟印厂的所有师傅说："我是代表心怡影视来的，无论之前的印版是谁搞错了，我们现在要做的不是追究或推卸责任，我们要重新印一遍，所以，一万册，从这一秒开始。"印厂老板站在我的身边，小声嘀咕说："赶在周一前完工，那我的工人今天肯定是要通宵了。那加班费怎么办？"文治拿起一本杂志说："这不仅仅是心怡的第一本独立刊物，也是我们所有人的心血，我是摄影师，她是这期的策划和模特，你们是让这本书成型的人。加班费固然重要，但是这份心血难道不更应该得到尊重吗？"所有工人都放下了手头的活,看着我们。我顺势拿过文治手里的杂志,接着他往下说:"你们所有人加班的钱算我的,我来出!但请大家一定要在周日夜里把它赶出来。我们希望周一上午,淮海路和南京中路上班的白领路过报亭就能买到我们的这份心血。你们难道不想看到他们在读这期杂志时,脸上露出的开心表情吗?"他们互相看了一下,老板摇摇头,站起来拍拍手说:"年轻人这么有斗劲的很少了。兄弟们,不然我们就牺牲一下打牌搓麻将的时间,支持他们一下?"他说完,我的脸上才露出这几天里第一次发自内心的微笑。

印厂老板在出刊之前把我拽进他的办公室,神秘兮兮地给我看了一下原先那个怎样都打不出来的 PSD 文件。他打开了 PHOTOSHOP,对比了同一模板下无花果的那部分和我的那部分,并且展示了每一个图层的叠加效果,他问:"看明白了吗?"我还在思索之时,他不知从哪里点了一个右键,显示出来我的那部分图层透明度的时候,图层简介里显示的"透明度 100%"像是当头棒喝一般击中了我。我这才恍然大悟。老板说:"有人设置了一个功能,别人在打开这个图层的时候,你的这部分会自动变成完全透明。换句话说啊,就算有人想打印你的这些东西,也无能为力。因为图层的处理权被锁定了。"他说得我后脊梁发冷,可我还是故作镇定地问:"那现在这个正确的版本是哪里来的?郝亮说,除非你这里修改好，否则根本赶不上印刷。"老板说："那就不是我的功劳了，你要谢谢他。谁让他有底片呢。而且这小伙子是出事后第一时间就到我这边来求助了。折磨了我一天，人蛮不错的，你们在处对象啊？那你可要珍惜。"我从老板的办公桌望去，文治就在距我10米远的地方低头跟工友商量着色彩和尺寸的细节问题。他用尺子对比着两张刚裁好的铜版纸。

到了吃饭的时间，我和他一起到印厂门口取外卖。印厂地处一个小土坡上，我不知道这土坡究竟算不算得上是丘陵，但我敢肯定这绝不是小山。外面正下着毛毛细雨，我们就像两个周日无家可归的人站在闵行的"上海之巅"。俯瞰它贯通着松江与青浦的河网，把这冲击平原形成的东高西低的走向尽收眼底。我们都想跟对方说点什么，可又不知道怎样开口。直到外卖小哥骑着电动车"轰隆隆"而来，我们俩才同时清了清嗓子。这一举动遭到了外卖小哥的白眼，他用一种略带讽刺的语气说："周日不在家，非要约到这里，挺浪漫的啊。"结果，我和文治相视一笑，都不好意思起来。

姐姐姐姐

　　她一开口,我觉得有人一脚踩住了我的尾巴,紧接着她说,"我是小诺啊,姐姐姐姐,你不记得我了吗?"

　　杂志刊发的那天,我请了半天病假。其实不是真的生病,就是想避开一上午的公司政治。而且从上周开始郝大小又失踪了,无论我如何打电话、发信息找她,她都不回复。这次我连姚秘书都没问,我知道,她给的答复一定还是那句"老板出差了"。可我隐约觉得郝大小就在上海,还在我的身边,但她为什么不肯现身呢?她在隐瞒什么,重要到她连公司的事都要放下?而且我担心她再出现在我面前的时候,又要换一副模样。她的头发已经短到不能再短,下一步,总不能剃个光头吧？现在仍然存在的每件事情，我日渐稳定的工作，我开始受人赏识的设计，义治，还有我眼前的外婆和小灰，他们都像是从不迟到的火车一样，将会在预定的时间到来。只有郝大小，她来的时候占据了我生活中全部的阳光。可她不在了，却像是有人恶作剧似的忽然熄灯，抽空了我所有的时间。

我想着她的时候，小灰一直在蹭外婆的手。外婆笑着搔它的痒，抓它柔软的下巴，然后外婆的眼皮不时地耷拉下来，又猛地睁开，继续摸着小灰。这回，外婆倒是没把小灰认作"疯丫头"，她甚至也不再提这个名字。养老院房间里的电视机开着，她对我说，最近她总在琢磨这电视盒子里的一个人，她问我："囡囡啊，你说这人是真的还是假的？他怎么就住在这么一个盒子里面啊，热不热啊，不会闷得起痱籽？"我顺着她的话答："不会，妈，人家家里面也有风扇的。再热一点，他就开空调了。"说完，我从柜子里找出一罐婴儿爽身粉，给外婆后背上拍了几下。出于好奇，小灰也凑了个头过来，它试探性地闻了两下之后就开始打喷嚏。它刚一"阿嚏"，外婆竟吓得差点把它扔出去，她叫道："小馍啊，你怎么感冒了呢？这才到夏天你就这样啦，冬天可还得了？我的白加黑还有不啦？你到我屋里床头柜的最下面一层找一下，现在先吃上一片，到晚上我看着你再吃一片。"她使劲地揉了揉小灰的脑袋，小灰十分无奈地长叹了一声"喵"。

日子久了，我反倒觉得外婆这样挺可爱的。她在生病之前一直是居委会主任，除了要照顾我的饮食起居，还要负责天平路71弄里几乎每家每户的家长里短。谁家灯泡坏了，谁家遥控器缺了一节电池，或是谁家两口子拌了嘴，她都会及时赶去"救火"。一年当中，出梅入伏之后的这段日子是她最忙活的时候。她隔三岔五就给巷子里的居民送冰棍，大人们吃盐水棒冰，小孩们吃奶油多一点的大脚板。她这时总会拿着她那个名人题词的蒲扇跟人家唠唠家常，问问最近家里是否有事需要帮忙。她那个蒲扇就是她夏天的"尚方宝剑"，拿着它，她心里就特别有数。她白天拿着扇子到巷口一晃，如果天色不对，她就马上回来挨家挨户地提前打好招呼，这是她住在下只角时就养成的习惯。"夏天就怕汛，虽然上海这些年过去都平平安安，可这天的事，谁说得准呢？"她一般说完这句，就会放下蒲扇。等她再拿起蒲扇的时候，大大小小的防汛沙袋早已分发到居民手上了。她再摇起扇子来，神算子一般的精神抖擞，悬着的心才有了着落。

我们仨默默地待了一会儿，后来我睡着了，伏在外婆的腿上做了一个跟这环境一模一样的梦。梦里也有外婆、小灰和我，还有郝大小。她这次又把海岛搬过来了，只不过搬的不再是海南岛，而是卡布里岛。而且她把整个养老院都改造了，涂上可以反光的黑色颜料。她把一楼二楼清空,四楼五楼打通,她唯独留下了外婆所在的三楼,把这层打造成一个独立于整栋建筑的观景台。外婆的位置,就是最佳的观景位。只要外婆拉起她的病床靠背,她就能看到楼下有涓流不息的海水涌入洞口;她抬头再看楼上的两层,星光一直从天顶落下来,径直坠入幽蓝色的海中。这时,郝大小用意大利文讲述起她从小就听说的一个故事,"卡布里岛的蓝洞是古罗马时代一个女巫留下的,古往今来前来一探究竟的人全都下落不明。传言很多,有说探险者因为缺少水循环而被困死在洞中;有人说洞中别有洞天,一个洞又连着许多个洞,人的生命太短,几十年的光景还不够走出这成百上千个洞的。可不管怎么说,这蓝洞世世代代地存在着,像一颗漂亮的蓝眼睛镶嵌在我们意大利南部的女妖岛上。"我听到天窗的位置发出轰然一声巨响,可我的意志依旧牵引着我守在郝大小的身边。梦中,我不想承认这是梦,高层的岩石开始向蓝洞砸去,可我还是感到前所未有的快乐。仿佛只要有郝大小的陪伴,有外婆和小灰,我也愿意被困在蓝洞之中,永永远远。那是一种难以描述的快乐。

我醒来的方式也特别夏天,我竟然被热醒了。午觉之后,等我姗姗来到公司,昨天还穿厚西装的男同事们已经换上了短裤。姚秘书见我第一句话就是,"这都几点了,你来吃晚饭啊？"她说这话时，一个劲地拿着文件夹扇风。几乎每走一步，她就要抱怨一下这栋老房子的中央空调的问题，"这还不是最热呢，等到 8 月末，还让不让人活了。"她穿的平整垂顺的丝绸女衬衫，在腰间已经有汗渍渗了出来。我跟着她到了郝大小的办公室，满心欢喜地刚要对着郝大小说些什么，但却抬眼发现，写字台上坐着的人是郝亮。"郝主编，人我给你带到了。"姚秘书说完就转身关上了门。

郝亮指指门口台子上的新刊，盯着我说："拿一本吧，你拼了好几天的成果。"我翻开新刊，一下就翻到了我的那部分。因为纸张跟全书不同（甚至跟无花果的部分也不同），所以特别顺手就翻到了。我摸着铜版纸的金边，问："这是后加的吗？"他没回我这句话，转而说："陷害你的人我找到了，不是无花果。我知道你不喜欢无花果，但这事确实跟她无关。你看你要不要找个机会跟她讲和？"我听到这句话时，鼻子都气歪了，我心里在想，"让我跟白狐狸讲和，还不如一刀杀了我"。

郝亮明显是看出了我的顾虑，他打了个电话，直接把无花果叫进了办公室。"白狐狸"那天穿了一双透明的 PVC 凉鞋，里面是当下街拍流行的破洞渔网袜。她上身穿了一个露肩的长款 T 恤衫。她没穿短裤，重点是连打底裤都没穿。她坐下的时候，肉色的内裤比黄浦江上的日落还要刺眼。她没跟我讲和，她当然不会。她只是当着郝亮的面，跟我敷衍了一句说："我带她在办公区域转转吧，她来了公司这么长时间，都没好好转转呢。"

我不清楚自己是出于好奇还是怎的，竟然跟着无花果出了郝大小的办公室，转入了一百多人坐着的开放式办公区域。这里跟金融财会公司没有任何差异，每个人一个小格子、一台 Mac 电脑、一摞文件材料。无花果大摇大摆地走着，却没有一个人抬头看她。她后来为了吸引男同事的注意，还特意弯下腰帮一个男同事捡了一支签字笔。她直起腰时扶了一下那位同事的肩膀，可那男的还是不敢看她，虽然他的脸已经涨得像个紫茄子了。最后，她带我转到了大堂的角落，只有一台电脑和一个女孩在那里。她对着她说："印厂的文件是你搞错的吧？你不觉得应该跟袁老师道个歉吗？"

我听傻了，无花果这是什么意思，印厂那件事不是她的属意吗？这个姑娘站了起来，那张脸我见过而且毕生难忘，倒不一定是她鼻孔不一样大的韩式翘鼻，也不是因为她脸上倒出来可以装满一杯水的玻尿酸。她一开口，我觉得有人一脚踩住了我的尾巴，紧接着她说："我是小诺啊，姐姐姐姐，你不记得我了吗？"

密林深处

直到我们在最壮实的那棵水杉树下停住脚步,指示牌和路都同时消失不见,他吻了我,我犹豫了一下但还是欣然接受。

"你那个朋友叫什么名字?"我问。

"哪个朋友?"郝大小问。

"上次你带来 party 的那个意大利人。"我问。

"怎么,你看上他了?"她问。她显然并不想告诉我他的名字。

"没,怎么可能。就是忽然想起来,想知道。"我说。

"他很重要吗?"她问,说完憋了一口气沉到了浴缸底部,她纤长的双手慢慢像水草一样轻柔地在水面划开,然后静止不动。

　　短一点的栗色头发从我耳边飘过,接着是一根长一点的,长的是黑色的。我抓住了这两根头发,缠在食指上玩了起来,说:"我只是好奇,我对你在认识我之前所经历的一切都很好奇。我不知道那时的你是怎样一个人。他不是你的同学吗?那他可能恰好知道。啊,比方说,他可能在夏天跟你一起去小岛上度假,帮你抹防晒霜和润肤油什么的。然后你们晚上可能一起去鬼影幢幢的小镇酒店探险,遇到什么非自然因素引起的灵异事件,比如……"我没有意识到我说这话时,已经舒服得闭上了眼。

　　郝大小这时忽然冒出水面,她的头发齐刷刷地黏在她的前额,完全遮住了眼睛。她僵尸一般地伸出双手,搭在我的肩膀上。我敢肯定,这绝不是她第一回扮鬼捉弄人。她冰凉的双手触到我的肌肤时,我忍不住惊声尖叫。这正是她要的效果,她赶忙用手堵住我的嘴,"叫什么叫,你要死啊!"

　　"要死也不和你一起死,还死在这破浴缸里!"我怒不可遏地说着,扒开她的手。

　　她知趣地缩回到她那边,往浴缸后背轻轻一靠,"小姐,这浴缸是我从家里搬来的好不好,很贵的,而且全球限量只有这一个。哦对了,你凭什么说不想跟我一起死?要知道,多少人做梦都想跟我一起死呢。"

"呸，说什么呢，死不死的。"我用手掌撩起水，往她脸上泼。

她自然不会任由我欺负，手脚并用地踹了起来。瞬时间，我感到整个浴缸里的水都被抬高了5厘米，那些水在她的操纵下从同一个方向向我袭来，我刚要说却被她短促响亮的笑声击中。接着那水，不如说是海浪，与我的鼻子迎面相撞。我感到有东西进了我的耳朵，她说了一句什么。等我揉干眼睛平静下来的时候，浴缸里一半的水都不见了踪影。我看到，塑料小黄鸭（小灰的玩具）从客厅的地板上飘浮起来。她的腿别着我的腿，我家客厅天花板的罩灯在她的厚嘴唇一侧投下斜斜的阴影。她发出猫一样熠熠闪亮的笑，告诉我道："他的名字，刚刚我说了哦。"

夜气潮湿，灯光朦胧，我们又放了一盆水。放水的那几分钟，她离开了客厅。回来的时候，她嘴里含着几粒药片，红橙相间的胶囊。我问起她的健康状况。她说这是让人开心的东西，不是药，她还问我要不要试试。她说话的口气，显然已经对身边的一切掌控裕如了，而我也在她的掌控之中。没有拒绝的可能，我从她舌尖取下一粒药丸，没经过口腔直接吞了下去。很奇怪，我那夜的后半段没问她任何问题。她形容我吃了药之后一反常态地安静，我的头发浮在水面上，我的脸浸入水底，她说她为了不让我淹死，还特意从厨房找来一个黄色的吸管。那么我应该嘬着吸管，喝了不少洗澡水。可我却完全记不得了，那感觉就像是在一个蓝洞里浮潜，洞内没有尽头，蓝色没有尽头，所有伟大的探险者都视生命如草芥。

郝大小离开的时候，我会想她有没有好好吃饭，想得很具体，具体到她到底是在饭前吃这些药丸还是饭后，空腹吃药会不会有副作用，以及"是药三分毒"这药总归有些副作用，等等。她如果去了地球的另一边，不是包邮区，说不定某天突然打电话来让我给她寄药也说不定。后来我给她寄了一封信，其实是上次 Maison Margiela 的品牌总监送给我的一张贺卡，我用彩色铅笔画了一个草图，总之是不怎么好看的一条自由裁剪、拼贴面料的连体裤，我想郝大小会喜欢。寄走之前，我又特意向快递小哥借了一支笔，临时在上面写了几句话：

雨天

小猫发现今早忘了

到阁楼上

舔书

那段时间，文治和我的接触更频繁了。他陆续将一些小的生活用品放到我家，包括被小灰从盥洗台上扑棱掉的剃须刀和牙刷,还包括放在床头柜上的避孕套。我们像一对结婚已久的夫妻一样,开始习惯在固定的时间上床,他给我读一段东西(小说或者微信公众号上的名人逸事),然后我们再背对背分别睡去。偶尔会用到避孕套,他也总是有条不紊地进行该进行的事,好像从一开始他就算好了最佳入睡的时间和程序。他根本不像一个艺术家。关于这点,他说可能跟他从小在一个高度专业化的家庭长大有关,老爸是复旦大学肿瘤医院病理科的主任,老妈是负责对外并购法务的律师,他们都不是上海人,但却住在浦东最贵的碧云花园,过着上海本地人羡慕的生活。

一个周末,我们自驾去了崇明岛的东平森林公园。路上,我一直在念叨我可能小时候来过这里,但下了车后才发现,这是一个人造的森林公园,跟我儿时的印象并无重合。这里,随处可见的小贩兜售着帐篷、烧烤架、泳衣,因为来这里的游客主要是为了野外郊游、吃烧烤和晒日光浴。我们转了一圈,什么都没买。而且刻意避开有路人的林间小道,往没有人烟的后山去。途中不可避免地在水杉林中遇到几对夫妇,一对是中年,一对是青年:中年的丈夫一直被妻子刁难,换着各种角度给她拍照,哪怕他都双膝跪地了,妻子依旧不满意;年轻的那对见到我们就像见到救星,马上拜托文治帮他们拍照,他们说等了半小时这条路上都不见一个人影。我们走着,文治趁我不注意也会拿起挂在他脖子上的相机，偷拍我。在他给我拍的照片里，我表情平静，平静而忧伤。他问我最近怎么都闷闷不乐。我答不上来，只好勉强地笑了，还傻傻地比了一个 V 字手势。

盛夏的崇明岛，除了翠绿之外说不上该怎么形容。郝大小曾说过，一个人在不开心的时候，就失去了表达的欲望。道路时而从森林中穿过，文治一直走在我的前面，我们从一条看起来非常结实的木桥上通过，朝着密林的深处走去。桥上布满绿色、红绿色的叶子，散发出泥土的潮湿气味，夹带着我叫不出名字的藤蔓植物的清香。直到我们在最壮实的那棵水杉树下停住脚步，指示牌和路都同时消失不见，他吻了我，我犹豫了一下但还是欣然接受。睁开眼的时候，文治单手扶着树干，言语中有些惊讶，"你看，这是一棵桦树。"我看到它银白色的树皮底部起了一些毛茸茸的绿色腐斑。我摸着那些斑点，仿佛它们慢慢变成我黑色布裙的一部分，再变成我身体的一部分，我仿佛回到了往事的源头——孩提时代的那次崇明岛之行，可我当初来的地方并非这里。但就算我们去的是崇明岛东南段的东滩观鸟区，或是最西北的西沙湿地和明珠湖公园，我也不能保证，我就一定能找到"回家的路"。这实在让我沮丧，我想把心中所想告诉文治，可话到了嘴边却又不知怎的竟收了回来。我说了吗？即便我说了，我的父母也不可能重现在我的童年记忆中。记忆的错乱,只会加深他们从未在场的凄凉。

那天晚上,他第一次带我去他家吃饭。他的理由很简单,就是从崇明岛回来顺路就来吃个便饭。他说得很客气,于是我就没有任何拒绝的余地。可以说,他的父母跟我想象中的父母毫无偏差,父亲正直严肃,母亲甜美平和。他们双方轮流给我夹菜,让我一顿饭下来不断适应着他们动筷子的节奏。他们家还有一个负责烧菜的阿姨,见了我也是一副又惊又喜的表情。也是因为我,她临时多烧了一个响油鳝丝。他们基本上没问我的职业和学历,只问了我的出生地和年龄,"上海""19",这两样似乎都深得他们的满意。后来,文治看时间差不多了,就救场似的拉着我走了。他在送我回家的路上,车停在高架桥下的红绿灯时,忽然紧紧握了一下我的手。我知道我当时的反应一定是漠然且不知所措的。因为,我正在看郝大小的 Instagram,她就在我去文家做客吃饭的时间段里,发了一条新推送——她坐在敞篷的跑车里,还没剪短的蓬松长发绕在金色五枚缎裹身裙上,她跟着聒噪的音乐扭动起她的水蛇腰。

黄鱼煨面

她正要把咖啡杯放在我的手心,我忽然把手抽了回去。杯子碎了。她面上露出我最熟悉的笑容。我想,她回来了,终于。

美好的事物,总是有一层特别薄的外壳。我希望文治没有告诉我,他父母其实并不像我看到的那么恩爱。他家阿姨的到来,原本就是为了能找个人来看着文治,好让他的医生老爸和律师老妈坐下来谈一谈。在他的描述中,工作对于他家人而言似乎比他的存在还重要,他父母能说的除了工作以外,越来越少。他妈有时会跟他解释说:"这就是婚姻,免不了的。"他爸跟他妈口径一致,一再重复,"不管怎么说,我们都爱你。你没什么好抱怨的,你也不需要抱怨。"有时候,人们只需要看到他们看到的，相信他们相信的就好，确实没必要为了加强语气而在你的生活下面画横线。

接连几天下班，小诺都会故意跟着我同时离开办公室。我不知道她为了能装作不经意地撞到我，私底下做了多少功课。但她表画上却是一副云淡风轻的样子，她一直在谦虚地请教我一些与工作有关的事，也随口问着郝大小和郝亮的情况。她想知道，公司的高层究竟是怎样的一帮人，她更直言不讳地说出她想晋升的愿望，她喜欢我的那间隔间，比无花果的那间看上去要安静、舒服。我问她，这么说是因为我的位阶在无花果之下吗？她赶紧收起了笑容，连连说了三次对不起。她道歉的时候神情诚挚，让我感觉她跟之前抢我男朋友的那个女孩判若两人。更让我感到吃惊的是，我的办公间桌子上会无缘无故地多出来一份火腿三明治——松软的白面包切成两半，内里是美式BLT汉堡的标准做法，番茄和卷心菜全都齐全。我看着这么精致漂亮的三明治，从白面包顶上取下插着的用牙签做的"Good Day（好日子）！"小旗子时，竟然无须猜测它是出自何人之手。我咬了一口，面包禁不住牙齿的咬力，很快就四边流油。这种会弄得手指、嘴巴和下巴到处是油的东西，不正是程维的最爱？他向来喜欢那种看起来疯癫、贪婪、能冷不丁发出巨大声响的人和事。

小诺尾随我的时候，我总喜欢说些不好听的，想着要快点摆脱她。所以我会下意识地问她:"你住在哪里?用不用我们送你回家?"这里的"我们"指的是文治,他来接我下班时,我介绍他给小诺认识。通常,正常人都会知趣地推却我的邀请,因为他们明白如果三人成行的话,就会打扰到我和文治。可小诺偏偏不是这样的正常人。她扭着包裹在霓虹色紧身衣下的双峰,裸露的双臂交叉在身后,她的手指在腰后轻轻扣着,在发出"啪啪"声时,她打量着文治,然后高兴地点头上了我们的车。我在车上又问了一次她家住哪里,她却一直注视着文治的后脑勺,隔了半分钟才晃过神来。她说,她现在不跟程维住在一起了,她搬出去了,搬到云锦路那边住了。说这话的时候,她一直在"自行加温",我感到坐在后座的这个女孩马上就要燃烧起来了。她向我借了一张纸巾,为了擦汗。这时,她的手不小心碰到了文治的胳膊,她特意捏了一下他的胳膊,然后赔了一句柔软娇气的"不好意思哦,文老师"。我不想承认,但那一刻文治的眼神刚好就落在她的大腿上,瞅了一眼她黑色透明的人造丝袜。我在她下车前,还问她为什么搬出去住。她的回答是,都跟我还给程维的一万块钱有关。"跟我能有什么关系?"按照她的描述,正是这一万块钱激化了他们的矛盾,她想用钱做美容,再去日本玩一圈,但程维想用这笔钱买一台合成器,他们就此发生了争执。"一万块钱肯定不够你俩花的,早知道我当初就不该急着把钱还给程维。"我撂下这句话后,她对着文治热辣紧盯的双眸不得不恢复到正常状态。她用纸巾把汗擦干后,"姐姐姐姐"地谢了半天,然后下了车。关上车门,文治瞥了一眼后视镜,他说她还在有节奏地挥着那张纸巾。我没接他的话,直到后视镜中的她渐渐远去。我让文治把车调了个头,他不解地问我何故。我说,我们不如去吃黄鱼面。

我们到的时候,白汤已经卖完了。吃不上黄鱼面,我改要了一碗腰花面,文治要了一碗大排面。两碗面一起上来的时候,他很自觉地把大排用筷子分了两半,夹了稍大一点的那半块给我。我想把腰花分他一点,但他说他吃不了猪内脏。阿娘面馆里面坐着的人,多半是游客,剩下的四分之一是食客,再剩下的不到四分之一是我们这样的本地回头客。隔壁一桌的情侣一直在抱怨辣肉面有多么不值,30块什么都吃不到,面硬汤咸,汤面上连点油花都没有。后来等我们吃得差不多了,那桌的女人不知道怎的就生气先走了,男人没有去追她,而是慢条斯理地把他那碗辣肉面吃了个精光。吃完自己的,他又把她留下的那碗给吃了。文治看见了他们,却装作没看见。他结账的时候随口问了我:"今天既然没有黄鱼面吃,你为什么不去另一家吃?"我答不上来。他又补了一句,好像在掂量着我的真实想法,"还是其实跟我吃饭,你吃什么都无所谓?"我多要了一碗面汤,没加酱油的清汤,我就这么喝着,他看着我喝。他也不再说什么。

再一次来到阿娘面馆,是郝大小"出差"回来之后。

那天我在公司茶水间遇到她,眼珠子又一次快跌到地上。她不知道从哪里整来的长发,金黄色的接在自己的栗色短发上。她穿了一件挺括的立领衬衣,反衬得她的新发型更加怪异、妩媚。她看到我时,就像美国大兵那样把手里的咖啡一饮而尽,她可能并不想跟我说话。她的手背在橘红色的嘴唇上一抹,擦去了奶泡。过了一会儿,她问我要不要吃面。我愣了一下,然后像乞求什么似的伸出手,她正要把咖啡杯放在我的手心,我忽然把手抽了回去。杯子碎了。她面上露出我最熟悉的笑容。我想,她回来了,终于。于是我问:"去哪吃?现在去?"

从下午3点到8点,5个小时之内,郝大小吃掉了15碗面。起初,她一口气要了5份黄鱼焖面的时候,我就察觉到有什么不妥。但她执意说她吃得下,我也没有非要阻拦她的理由。而且我给自己找了一个特别合适的理由——上次没吃上的,这次要吃回来。于是,我也要了3碗,两个女孩包了一个四人座,桌子上摆满了盛面的砂锅。郝大小开始吃了,她只是一口一口咀嚼的,匀速地吃,但样子非常美。好像她吃的不是食物,而是仙桃或者天上的星星。以至于她喝光第一碗的鱼骨汤时,店内就已经有不少人拿起手机来拍她吃东西的样子了。她才懒得理他们,她一边吃一边告诉我,她最近去了地中海和伊斯坦布尔。第二碗面下肚的时候,她打了第一个饱嗝,接着告诉我,我真应该跟她一起去看看。"看什么?"说话时,我还在吃我的第一碗面。越来越多的人围了过来,他们拿出手机对着我们拍照。郝大小说:"你应该去看看地中海,那里的建筑准保对你的设计有用。"这时,她已经吃到第四碗了。有人认出了她,过来问询她是不是郝大小本人。她只顾着吃,没空搭理除了我以外的任何人。那种感觉特别奇妙,就像有人把我和她罩在一个与世隔绝的真空环境中,又或者干脆是把鱼汤砂锅扣了过来,扣住了我俩。总之,我们努力地吃着,吃不动的时候就停下来跟对方说两句无关紧要的话。中间有两碗面的时间,她吃的速度明显变慢。我猜她是吃不动了,因为她为了能回来把桌上的面全吃完,不得不去门口溜一圈。我看到她抽了一根女士细烟,而不是雪茄。回来的时候,她吃了两口忽然停下来了,望着我说:"我想你了,馍海。"

我不明白她的意思,反问道:"我不就在你面前吗?"

接着她吃得快了一点,一边嚼着鱼肉一边答我:"有一种想念叫作……"她勉强做了一个吞咽的动作,"即使你在我面前,离我就三寸这么近,我还是忍不住想你。"

"哦。"我脸上面无表情,可心里却乐开了花。我继续吃面,此刻,吃面倒成了我掩饰心绪的最好伪装。

在我们停留在阿娘面馆的 5 个钟头里,郝大小的一个"野生粉丝"（现场被圈粉的新粉丝）陪我们留到了最后。他没有告诉我们，他开了一个直播间，一直在直播我俩吃面的全过程。当然，还将我们之间奇怪的对话公之于众。他莫名其妙地收获了超过 20 万的点击率，无数的"跑车"和"礼物"。一周之后，他来到我们公司面试，成功签约成为我们要推出的新一批网红。那周公司大会上，郝大小自曝其短地讲述了她 5 小时吃光 15 碗黄鱼面的事迹，并且自嘲说："我看我们公司，不如以后就专门做'吃播'算了？我们做一期时尚杂志的流量还比不上我做一次吃播。"我才不会上她的当，15 碗的代价是无比惨痛的。我记得，那天晚上，她上吐下泻到直不起腰。而且她蹲在我家地板上看到小灰的时候，把它误认成一个砂锅，结果吐了它一身。

绸缎绉乔纺绡宫

> 郝大小吃惊到合不拢嘴,她凑到我跟前摇着我的肩膀,问道:"你平时出门都带着这些东西吗?"

金头发的郝大小比过去更"猛"了,她让人把她的办公室和家里全部重新涂上了金箔。这么豪的做法,引来了众人的非议。可她却毫不在乎,她说2021年要来了,一个风水师傅给她算了一卦,要她必须用金黄色来阻断跟这个世界的联系。她在金色面前,选择勇敢面对,而非逃避。"我是我,世界是它自己,我没什么好怕的。"等她装好了房子,她又神秘兮兮地把我约到她衡山路的家里,说有东西给我看。不出意外的话,我猜她可能要把家中地窖里藏着的金条都取出来了,她喊我一定是让我过来做苦工搬金条。为此,她还特意搞了一盆"金乌帽子"仙人掌摆在她家一楼临街的窗台上,非说这是代表"She is ready"(她准备好了)的接头暗号。她这么遮遮掩掩,反而勾起了我的好奇心。可她有那么多秘密,真要逼着她说的话,她又总是避重就轻。

等到侍者迎了我进门,我着实被眼前的景象给惊住了——她不知道从哪里搞来了几十个白色的模特架,每一个上面都披着一块材质独特的面料。她见到我的时候,笑嘻嘻地站了起来,还拽着 Maison Margiela 的那位法国总监一起。她三步化作两步地跳到我面前,向我宣布一个非常好的消息。我跟总监握了握手,然后打趣郝大小说:"您是让我以后负责卖布吗?话说,你从哪找来这么多面料,莫非你打劫了面料厂?"她没有理我,转身绕到一个珠丽纹绉缎的布料后面,她用那块布将自己裹了起来,同时问我:"怎么样?是不是特别宫廷?"我和总监对视了一眼,然后同时说:"美!"不过,我多做了一个动作,那就是抓起她书桌上的几枚别针,走到郝大小身边,分别在她的肩膀、腰部和胯下各别了一枚针,接着我让她试着迈开步子往前走。她才走了半步,就明显觉察到身上的绉缎经我处理过后呈现出动感流畅的曲线——那褶皱柔软弯曲,不像真丝的皱纹那么僵硬,也不像麦尔登呢和法兰绒的纹理那般厚重。我甚至怀疑这料子可能是双绉(国产的一种简单好用的布料），因为它像是以桑蚕丝为主做成的布料，整块绸缎在人体运动的时候仍显得十分亲肤。

　　法国人站在我身后连连点头，用郝大小的话说，他就像是被人上了弦的木头人，连这真心的迎合都充满了机械的味道。而真正让他俩同时哑口无言的事，发生在我坐上缝纫机的那一刹那。我不紧不慢地从裤兜里掏出了剪布的剪子、剪纸的剪子、剪纱布和丝绸的剪子、一把用来掐断硬丝的小钳子，紧接着我在调试缝纫机之前又拿出了机针和梭心梭壳。我装好缝纫机之后，从后屁股的裤兜里翻出了顶针、异形针、普通粗针以及毛衣针。郝大小吃惊到合不拢嘴，她凑到我跟前摇着我的肩膀，问道："你平时出门都带着这些东西吗？"这时我已经把她刚刚裹在身上那件双绉铺平摆在缝纫机上了，我对她的提问感到疑惑，反问说："操作这种真丝面料，如果不用这个'9号德国针'的话，很容易就会扎断布丝或者抽丝。大小姐，这种料子很贵的，怎么舍得给它弄坏？"

　　打那以后，江湖上流出了一个传言，有人说我来自一个丝绸世家，从小就谙通"绸、缎、绉、乔、纺、绡、宫"的缝纫之道。但事实上，我只是一个穿自己缝制的手工裙子的女孩。尽管我的外婆在我小时候会教我如何踩缝纫机、如何做刺绣，但大多数时间里，我手工剪裁的目的只有一个：省钱。在上海，平日去茂名南路找香港裁缝做衣服实在贵得可怕，动辄去商场里买穿一季就扔了的大牌服装又特别不值。如果你非要在我做的衣服里挑一个优点的话，那可能就是它比较好穿，从没有束腰、提臀这种过分强调女性特征的设计，跟主流的时尚圈不太搭界。我没想到，有人竟然会认同我"只为普通人做设计"的观点。Maison Margiela 的总监可能是受到郝大小的影响，特别欣赏我这种我行我素的制衣风格。他喜欢我把最基本的材料发挥到最大程度的那种用心。从我的"老车厢"系列展出的那件"私货"到郝大小家安排的这次面料测试，我都令他非常满意。他把对我的评估提交给了他们法国总部，推荐词是这样写的："袁很疯狂，她的作品也透露出她本人这种既细致又疯狂的个性，关键是它们都很漂亮。如果有人可以像她这样，那她才能设计最基本的东西。袁是游离在时尚圈外的一块金子。"

受到鼓励之后，我尝试着做更多的版型，包括丝绒的过膝裙和挺括的女士衬衫。郝大小自愿成为我的模特，为我的"馈海系列 2021 春夏新款"做免费代言。她天天穿着我设计的衣服在各种公共场合晃荡，从周一到周日几乎不重样。她为了能不断地换新衣服，一直督促我要勤勉设计。这搞得我在 AVEC TOI 上班卖面包的时候，脑子里都要不停地构思新的款式。我始终铭记于心的一点是，我要设计的是给姿态坚定而眼神明亮的女人穿的衣服。而且最重要的是，让她们穿得自在从容。郝大小穿了我的衣服后,心怡影视的上市股票跟着上涨了好几个点。我不懂股票,但全公司的人因此看我的眼神都变了。过去,他们总觉得我身上的灰衣服太过普通、简陋,现在却都抢着过来找我定制,把我视为有通天法术的"小财神"。就连平日里外冷内热的姚秘书,也忍不住悄悄跑过来,问:"有没有合适我这个年纪的人穿的?我给钱的哦,你可要好好做。"

有时,同一款的衣服我会做两件,白色的那件给郝大小,黑色的留给我自己。无花果自然不愿意看到我和郝大小亲近,她造谣我和郝大小发展了一段见不得光的地下情。她的这些话,还是小诺转告我的。我问小诺:"你相信吗?"小诺说,她当然不信,"女生和女生之间的友谊,最美的那种应该可以超越一切。"

我确实喜欢郝大小穿着我设计的衣服在我身边的感觉,无论她顶着的是一头栗色短发还是如今这一头金色的长卷发,她因为我变得更美了。后来,我的品牌被收入百度百科,就连宣称自己只穿"暗黑少女风"的小诺都开始买我做的衣服。我几乎不能再运营我原先的淘宝小店,因为所有货品永远处于"缺货"的状态。有些客人不得不到我的微博下面留言,只为求一件基本款的连衣裙。她们的态度极其恳切,比求一份体面的白领工作还要上心。我逐渐意识到,我必须铆足了劲、全情投入到服装设计中，才能应对她们接踵而至的要求。郝大小笑我说："你要满足每个顾客的需求吗？那这哪里是做成衣啊，你分明在做高级定制！"

秋天来临以前，我已经被提拔成公司的一线网红，坐进了跟无花果同级别的"正5度"灰色隔间。而且公司准备将我的设计打造成杂志的一条全新产业线，特意将小诺派给我做全职秘书。我的办公室距离郝大小的办公室只有一墙之隔，跟她和无花果共享一汪江水。站在窗前，我感到眼前的这个上海熟悉却又陌生。尤其是在我通宵达旦地画完效果图、6个小时不间断地缝纫之后，我看着黄浦江两岸一整夜的璀璨灯光渐渐暗了下去，外滩这一侧的老建筑和浦东那一侧的新高楼象征着难以交好的两类富人——旧贵与新贵，它们以江为界，老死不相往来。我闭上眼，感到一阵接一阵的晕眩。等到天完全亮了，我坐在新的办公桌上，打开崭新的Mac电脑，正巧收到Maison Margiela品牌总监发来的一封电邮。读完邮件，我抱着腿在电脑椅上腾空转了一圈，啊，果然晕眩得更厉害了些。等我停下来再看，我的微博已经有157万零8341个粉丝。

时代在召唤

> 他大汗淋漓地对我说:"您刚才也应该下车跟我一道做操,嘿,这一通伸展,胳膊儿腿儿都舒坦了。"

说来奇怪,像郝大小这种从不读书的人竟然在我出发去北京之前,送了我一本精装版的《故都的秋》。她再三强调这可不是什么"礼贿",顶多是"礼贤下士"。公司此行派我去北京是为了要我饱尝一下这"秋",这故都的秋味。她一个中文都写不了几个的意大利人固然说不出这么文绉绉的话,这句其实出自郁达夫本人。

走之前我匆匆忙忙地去了一趟养老院,跟外婆道别,而且告诉她,19岁的我终于要出远门了。她难得一见的清醒,高兴地摸着我的头，嘱咐我："多带一点衣服儿，北京可冷着呢。"她真是可爱的老小孩，说这话的时候还要学着北京人的腔调，加上一两个儿化音。我学着她的语气，把她的话转述给文治和小灰听——文治不由得哈哈大笑，他说这"儿"加的地方不对，怎么也该加在"一点"的后面而不是"衣服"之后。小灰刚被送到文治家，稍微有点不习惯，但它听到我讲外婆的趣事，还是忍不住从文治给它准备的巨型猫砂游泳池里伸出一条灰白相间的小尾巴。接着，它见到我就疯狂地扑过来，温柔地亲着我的鬓角。

这是我第一次来北京，也是我第一次到除了上海和苏州以外的地方。那天刚好下雨，出租车上的司机一直在念叨着"一场秋雨一场寒"，他说这话的时候，摇下来半扇车窗，机场辅路上数不清的黑色树影一闪而过。北京的树似乎总是光秃秃的，即便今日扫过门前落叶，明日还要再落几许的那种"秃"。就是这样看起来什么都没有的树上，进了市区，却能明显听到秋蝉的嘶叫。它们有种喝了茅台、五粮液、老白干的感觉，不管你大风大雨，却仍要发出自己的声响。小诺嫌它们声音太大，索性戴上耳塞，在车上睡了一路。可我却没办法对这新鲜的城市置之不理，它的那种萧索、肃杀正打动着我，让我想请树上的小虫喝上那么一杯，喝什么呢，希望它不嫌弃上海人喜欢小抿一口的绍兴老黄酒。

从五环到二环，北京就像一个方形的洋葱，需要你环环深入地了解。眼瞅着我们就要到雍和宫了，和平路西街的 S 型拐角出了一起追尾的事故。我们的出租车司机马上放下了伤春悲秋的情怀，端着他的保温壶就下车查看。我看到，他在与出事的司机交涉了一阵之后，好像调停了两个司机之间的冲突。他笑眯眯地回来，放下水壶。我问他："前面怎么样？能走了吗？"他摆摆手说："且呢，咱等着吧。"我反应了半天，才明白他这个"且"的意思。这时，他已经在车外做起了广播体操。没有音乐，他自己喊着拍子一节节地做。他不仅自己配音了"现在开始做，第八套广播体操，原地踏步，走……"，还邀请出了事故正在等交警处理的两位司机一起加入了他的锻炼。先舒缓、后剧烈，最后以"整理运动"结束一整套动作……当司机师傅重回到驾驶座上，他大汗淋漓地对我说："您刚才也应该下车跟我一道做操，嘿，这一通伸展，胳膊儿腿儿都舒坦了。而且全不耽误事儿，眼巴前这才能挪腾一下地儿。"我特别尴尬，想笑又极力忍住，回答他说："我小时候也做过广播体操，好多年不做了。"司机一听我是"同道中人"，马上接着广播体操的话头说开了，他说："看你年纪不大啊，现在年轻人还做操吗？我跟您讲，我小时候哪有什么体育课，大家就做操。当时做的还是'第五套广播体操'，您知道我最喜欢哪一节吗？"我说我不知道。司机更兴奋了，放下了方向盘，有力地挥动了一下双臂，说："再猜猜！"我也有力地摇了一下头。他撇撇嘴说："简单啊，这不明显是'冲拳运动'吗？我现在还记得这一节的宣传语呢，'一拳冲向美帝，一拳冲向苏修！'现在不行了，宣传语都改成'时代在召唤'了，您说说，这是什么时代啊？这时代又在召唤谁呢？啥也没说清楚不是嘛。"

下一个跟我聊到"时代"的人就是 Maison Margiela 合作的买手店——"未完待续"的老板，江湖人称"刺客"。刺客的店里只有黑、白、灰三款颜色，刚好那天我穿了一件黑风衣配了一条灰色裤子和白色靴子，他说，我的出场就像一只代表了他们店精神的吉祥物。而他的出场则像有人在炎夏为你递上一杯带着霜气的伏特加——他穿了三层"装甲"，由内至外分别是灰、白、黑。他是一个典型的北京青年，身材健壮，厚嘴唇，黑眼睛，噪音浑厚低沉。他时不时正正棒球帽的手，如果放下来，握起来也让人觉得宽松舒适。

切莫小看了这三个基本款的颜色，他将 Maison Margiela、Ann Demeulemeester、Lemaire、Guidi、Yohji Yamamoto 这些欧陆只做黑、白、灰三色的品牌全都聚集在他这 200 平米的两层小楼里。他说，买手店是这个时代的缩影，而他们就是北京最有想法的人的缩影。虽然他们代理合作的品牌只有不到 20 个，但品类和质量却都经过刺客和他的团队严格把关。"我是买手出身，知道我们的顾客就是我们这样的人，非常小众，只为了他们而买，所以选品格外慎重。"他说这话的时候，拿出一早准备好的我设计的一套斜裁的黑色夹克。他让助手拿来一件Ann Demeulemeester设计的白T恤，往夹克里面一搭，"我就知道你们搭在一起会很合适，都很自由，而且有种不可言喻的吸引力。"

那天晚上，刺客请我们吃了铜锅涮肉。他刻意避开了"一人一锅"那种精致的吃法，坚持让我们大家涮一锅。这安排刚开始让小诺有些不习惯，她一直在我耳边问我："万一他们谁有乙肝可怎么办啊？"刺客看出了她的紧张，就让服务员单独给她上了一个小锅。红汤开了，白汤待沸。刺客把羊尾油一推而下，接着又推了一盘面筋和油条。他说，上回接待Maison Margiela的人来，他带他们吃的可是焦圈豆汁，这次我们来，他才舍得带我们吃顿好的。我问："Maison Margiela不是你们的合作伙伴吗？照理说，他们应该比我们吃得好才是。"刺客摇摇头，他撸起了自己的黑色涤纶衬衣，跷起了二郎腿，说："如果是他们的设计师本人来，我还有可能对他们好点。我虽然是做生意的，但我心里面只看得起有才华的人。"他说话时带着一种京腔的痞气，但不知为何又有一种飘逸自然。他夹了一块羊肉给我，让我夹一块肉给小诺，他饭后送我回酒店的时候解释说："也不是不喜欢你那个跟班,我坐得太远了,给她夹不过去,费劲儿。"我下车后,他过了五分钟后发来一条短信说:"好吧,我承认,我当时根本就没看见她。"那他当时究竟在看什么、想些什么,我没再追问下去。

接下来的一周,我都在"未完待续"的小四合院里晃荡,摆弄完了我的设计之后,就端着一杯咖啡在院子里看书,偶尔画上一两张草图。院里有棵老槐树,从一层直伸到二层,顺着树顶往南看,时不时就有白鸽往国子监的方向飞。当你的眼睛还在追寻着它们的飞声,天已经升得很高很高,天朗气清,碧空无云。这样的好天气一直持续到我们走的那天,我和刺客坐在槐树底下,他给我看已经正式上线的我的十多件衣服,全部挂在 Maison Margiela 副线 MM6 名下。他将每一个链接都认真地翻出来给我看,无论是衣服轮廓和局部细节,都做得用心到位。最后他点进去了一个页面,上面有一张他俯拍的我正坐在树下低头画画的照片——阳光漏在我的背上,在我的吊带裙上掩映出秋意正浓的风景。

他随口问了我一个问题,"你为什么要做'网红'?"

我有点答不上来,想了一下,只好说:"阴差阳错吧。"

他听后,把脚翘在我的藤椅上,说:"你他妈压根儿是个'刺客'。"

"此话怎讲?"我看了看他的脚,问道。

"自己亲手缝衣服的难道不是'刺客'吗?你的世界都是你一针一线刺出来的。只有灵魂里有自由的人才这样,别人装是装不出来的。"

这么说,我确实是个"刺客"。他这么问,也许是想我反问他一些关于他自己的故事。但我没有,我陷在那个清清凉凉的"故都之秋"里不能自拔。北京人有一种好玩的姿态,他们又总是沉迷于自己的姿态中,半醉半醒。

"对喽,你那个好朋友郝大小也是。"他意味深长地说,想起她,好像又串联起一些别的什么事。

"她当然是,"我赤脚搭在他的藤椅上,摩挲着脚背。我慢慢仰面朝天,逐字逐句,大声地说:"她真的非常非常了不起。"

"她根本就是个疯子。"他眉毛突然一扬,说。

我在回上海的飞机上,问了小诺一个同样的问题。我问她:"你为什么要做'网红'?"

她摘下了耳塞,拿出粉扑开始补妆,接着答道:"当网红多好啊,你红了,没人会说你的风凉话。而且,只要你是网红,没人会问你是哪里人,谁理得侬是上海人还是北京人啊!"

你的戒指呢

她狡诈而悲伤地打了一个哈欠,重申道:"我可没见到你的戒指。它又不好吃,我吃它做啥?"

"刺客真不要脸,他那是在撩你。只有你傻乎乎的还以为人家真在夸你的才华,就他,要不是我们帮他做线上推广,他那'未完待续'还能有续?"郝大小纤细的脖子上,巴掌大的脸灵活地转动着,她说这话的时候笃定得像一尊四面佛。

"那他还夸你了呢,你这么说他。"我嚼着一块披萨饼,说。

"喂,说我是'疯子'叫作夸我啊?再说了,你出去问问,全上海谁不夸我?"她顿了一下,抢过我手中的披萨,大口嚼起来，"不过有一点他说得对，你应该做设计师。你以前做网红的时候，怎么说呢……就好像你点了一杯珍珠奶茶，然后拿错了吸管，要了一个特别细的那种管子，所以你的才华就没有找到施展的路径，咔，卡住了。"

"听明白了，我的才华是面粉做的。"我白了她一眼。

"喂，外卖叫两杯珍珠奶茶吧。"她踹了我一脚。

"你又不是没手机，你叫！"我把小灰扔到她怀里。

她一把接住小灰，搔搔它的白肚皮，说："这家伙现在怎么这么沉了啊，哎呦呦，小灰灰你要不要喝奶茶啊？"

"你知道上海人只喝咖啡，不喝奶茶的吗？"

"胡说，哪个白领加班的时候不是靠奶茶'续命'？"

"我小时候，家附近有一家'青蛙包二奶'奶茶店刚开业三天就被工商局查封了。"

"为什么？工商局局长对奶茶过敏？"

我又忍不住白了她一眼，"不过这似乎跟奶茶本身没关，好像是因为'包二奶'这个词有伤风化，那家店是台湾人开的，没搞清楚状况。"

"那'包二奶'好喝吗？"她把小灰的圆脸揉成了椭圆形。

"好喝，虽然就只喝过一次吧。"说这话的时候，我已经找到最近的喜茶外卖店，下单了两杯金凤茶王，加珍珠。

可在奶茶送到之前，郝大小接到一通姚秘书打来的电话，说是"临时加开一个紧急会议"就急忙走了。我真是搞不懂她。她前一秒还脾气乖戾、特立独行，下一秒听闻公司有事，立刻扼杀了自己想要游弋人间的念头，转头扎回繁冗的工作当中。这也许跟她混血血统有关？在公开活动中，她永远都保持着某种高贵的特权，举手投足之间都是合乎规矩的动作。然而在夜间，或者她放松下来的时刻，她又变回了一个叛逆者，她选择在徐汇区的犄角旮旯里跟着我堕落。她总说，"法租界"的阳光跟法兰西的阳光一样舒服。

那天晚上，文治从 AVEC TOI 接我下班，我们溜达着就到了一家名叫"黄公子"的私房菜馆。他在门口迟疑了一阵，问我要不要进去试试？虽然这个菜馆就在我家附近，我却从来没进去过。看门口横梁上雕刻细致的木纹，就大概知道在这个馆子吃上一顿，绝对价格不菲。进了门后，我马上后悔了。其实我早该想到，在衡山坊里开这么一家私密性极高的餐馆，就算卖的是"清水豆腐"，恐怕也要上百块钱。

整栋小楼只有上下两层，每层只有两桌。我们跟着一个嘘寒问暖并且上来就帮文治脱下大衣的服务员从门厅走了进去，穿过静谧的一楼小院，绕过大厅中央的长条形原木大桌，才踩上了走廊尽头的转角楼梯。我们被安排在二楼靠窗的那桌，餐桌上早已摆放好精致的烛台和白色的小菖兰。落座之后，还有服务员专门送上口感温润的功夫红茶。我喝着茶，不小心摇晃了一下桌上的铜铃,不出三秒,就有个服务员轻扣木门,在门外问询我的要求。

服务员再来的时候,端上两份精工文火煲制的"冬虫夏草药膳土鸡汤"。一个黑曜石做的砂锅正正放在我和文治之间。文治刚起筷子,就被我叫停了。我问他说:"没事怎么带我吃这么好?这要多少钱啊。"他笑而不语,在第二道菜东星斑上了之后,才跟我说:"最近你们公司出事了,你没听说吗?"我闻到香气飘逸的东星斑的味道,刚要食指大动,听罢又赶忙放下筷子,"什么事?"他用公筷公勺把鱼肉分成几段,夹了最大的那块给我,说:"无花果走了,去了另一家网红经纪公司,算是投靠了你们的竞争对手。"我拨弄着碗里的鱼,若有所思地想着什么。文治看我在发呆,马上又夹了一块醉蟹给我,"快吃,我夹菜都比你吃菜快。"我混着东星斑和醉蟹一起吃,最后碗里剩下的既有鱼刺又有蟹壳,好不邋遢。服务员在上酒的时候特意告诉我,这醉蟹是用15年的绍兴花雕醉出来的。文治啧啧称道,他兴致盎然地看了我一眼,"你比它大不了几岁"。

再之后的几道菜,鸵鸟蛋、鳌虾配鱼子酱、顶级菲力牛排……加上前菜、甜品和水果,统共11道,道道华美丰盛,教我吃得晕头转向。就在我揉着肚子想着要给郝大小发条微信问问情况之时,文治忽然握住我的手,他连问都不问就为我戴上了一枚钻戒。戒指上的钻石，毫不夸张地说，跟我的小拇指指甲盖一般大。而这一幕很快引起服务员的注意，他们助兴似的为我们送上一块蛋糕，上面还拉花写有"天长地久"4个中文大字。我戴着戒指的手悬在半空中，至少悬了两分钟。我不知道我究竟应不应该接受文治，我甚至不知道这是玩笑还是认真的。他是在跟我求婚吗？我需要说点什么吗？这些问题来不及发短信问，我需要给郝大小打个电话……可文治却开始喃喃倾诉起他对我的爱慕，他把时间推回到我们在黑石公寓相遇的那一刻，我的另一只手正在桌下焦急地盲打着一行字，可没等我发出信息，文治的嘴就已经贴在我的唇上了。接着，他的舌头在我的口腔里打转。

  我没有拒绝他，甚至连开口的勇气都没有。这大概就是我和郝大小最大的不同，她不会允许这种荒唐事发生——一个她不爱的人向她求婚。我坐在从中山公园驶出的13路无轨电车上，不知不觉地上了车，不知道车子将往哪里开去。我看到车底下，人行横道上那些穿梭着闪躲车辆的年轻女性，她们大多比我年长、涂抹着厚重的粉底，我不知道如果她们的男朋友今夜向她们求婚了，她们会不会跟我一样慌张。至少，她们被求婚之前应该能洞察到一些迹象，例如：她们男友忽然问询她们手指的宽度，或者带她们到百货商场的钻戒柜台转悠。退一万步讲，她们不会摘下了卖面包的围裙，穿着还沾有面包粉的灰布裙接受求婚。我的幸福，怎么总是来得这么猝不及防？

等到电车从曹家渡进入长寿路路段的时候，电车头上的"小辫子"忽然捕捉到架空线，"哐当"一声，无轨电车摇身一变，恢复到旧时上海有轨电车的派头，神兜兜地往新客站、老北站和提篮桥方向去。我简单设想了一下，如果我跟郝大小说起求婚的事，她会有什么反应。我想她会像这电车上方发出的声响一般，"叮叮咣咣"晃个不停。她会当着我的面，把那鸽子蛋的钻戒扔到黄浦江里，然后怒吼着斥责我说："袁小馍，你就是一个甘愿为了男人放弃理想的废物！"

可是等我真的站到她面前，她一眼就瞅见我中指上的"异物"，就要我摘下来给她瞧瞧。她说，她从没见过婚戒，她奶奶曾经有一枚，但是在老人家去世之后都归了他们家族的信托基金。她只记得，那枚戒指是红宝石做的，上面有咸腥的海水味道。因为她奶奶常年戴着这戒指，为她撬开生蚝。我们还在电车上。车不停摇晃，将近晚上11点，过道里仍然站了许多人，互不熟悉的年轻乘客抓着头顶的把手，另一只手还在勤快地刷着抖音，跟着手机里的节奏晃得前仰后合。这是无数上海作家会写的情节。即便这辆电车不是一百年前"丁零零"的老绿皮，但欢快的节奏还是一个样，穿旗袍的窈窕淑女卷起裙子跨上这车，头戴礼帽的老克勒侧倚在车厢的木长椅上，所有人都不像我，他们都气定神闲地瞧向窗外，欣赏着沿途的都市风光。那时的路名，还是什么"赫德路""爱文义路"和"卡德路"。我突发奇想，郝大小可能就是他们的玄孙也说不定，她身上的高贵气质何尝不是来自岁月久远而弥足珍贵的海派作风？

车速降下来了，我看到这条线路的末端。我想要轻唤郝大小的名字，她却枕着我的肩膀睡着了。没办法，我只能挺直腰杆，刻意把肩膀耸起来，只为她能睡得舒服一点。等她醒过来，她疑惑地揉揉眼睛，眨着她纤长的睫毛，一脸无辜地问我："你的戒指呢？"我再举起手来，戒指果然不在了。但我竟然丝毫没紧张，反而如释重负，我缓缓转过头来，叹了一口气道："你把它扔到窗外了，是不是？"她狡诈而悲伤地打了一个哈欠，重申道："我可没见到你的戒指。它又不好吃，我吃它做啥？"

她托着腮帮子看向窗外，像扫描仪一样扫着街道上逐渐稀少的人，然后在我们的车从终点驶向我们的出发地时，她做了一个颇为费力的吞咽动作。我听到有东西卡在她的嗓子里，最终顺着她的口水被咽了下去。她依旧看着窗外，眼神是那么自由自在，无所顾忌。我问她："你为什么要吃掉我的戒指？"

郝大小平静地说:"你才 19 岁,结婚是你下个世纪才要考虑的事。"

"那时就没有'叮叮车'咯。"

"但是你还有我。"我的朋友说。接着,她朝我转过头来。

MOSea

他发完这条微博,就彻底"取关"了我。他就像一个莽撞的少年,急吼吼地说着情话,趁我没看见就扑到我跟前。

无花果走后,我并没有预想的那么轻松。我以为我会在办公室里撒欢一样地做自己的事,唱歌,甚至是拉着郝大小跳舞。不过,这些,我都只不过想想而已。我反而把更多时间花在2021春夏新款的设计上,郝大小给这个系列取了一个英文名字——"MOSea"。

"叫馍海?"她说,"一听就知道是个国际大牌。"

她的语气像我妈一样,搞得我不知道该如何拒绝。

"喂,时装界可没时间给你反复琢磨。"

"就叫馍海吧。"我勉为其难地同意了。

她原本是想找文治来，看看他在我的品牌 Logo（商标）上有没有什么独到的看法。但文治却跟她在办公室里吵了起来，姚秘书从我门前经过，奔进郝大小的房间劝架，后来连郝亮都进去阻拦，我听得一清二楚，文治抄起一个文件夹向郝大小的脸上砸去，他说："你跟她到底是什么关系？你凭什么阻挠我们？我怎么就配不上她了？！"我从隔间重重推开门，正午的太阳从落地窗直射进来，打在我那天穿的一条煞白的高腰布裙上。尽管我只是轻呼了一口气，所有人却也即刻安静下来。文治的手臂正被姚秘书和保安架着，郝亮恰好挡在郝大小前面，他们都扭过脸来注视着我。文治用手自上而下抹了一遍脸，他收起了惊讶的表情，换上一副极端悲恸的神色。那表情深刻地演绎着活人可以承受的最大限度的疼痛。他看到我没有向他走来的意思，最后挣开了拉着他的劝架的人，一把收起桌子上敞口的戒指，扬长而去。

那天以后，我两个星期没有见到他。他不来公司，不接我的电话，他的工作台上的电脑一直开着，他最后在修整的照片是我的"春夏新款"———条腰部打褶的芥末色夹克衫，下身是茶色的丝绒裙子，前面的裙裾短，后面的裙摆长。我整季的衣服都采用了这种类似束腰的褶皱效果，但却没有用一个钢托来固定。为了能让穿"MOSea"的女性体会到真正的自由，我全都跟随面料自然的纹路，做了一些更能凸显女性线条的设计。不希望假借艺术为托辞，也不想跟摇滚元素过分亲近。简洁干净，才是好衣服该有的样子。Less is More，以少见多，这便是我的制衣哲学。当我滑动着鼠标，面对着这组拍摄精良的硬照时，我忍不住想起文治在刚刚认识我时，告诉我的那句道理，"摄影人心"。他的心，我其实一直都是知道的。

我不知道的是，在这个信息迅速流通的时代，分手也要通过网络来实现。他不再跟我说一句话，但他依旧将我的"春夏新款"发表在了他的个人主页上，同时还多发了一张他拍的我——上次我们在东山森林，一张我在迷雾中蓦然回首的照片——他附加了一句推文，"我以为你不会来了。但我还是等着你，从来不曾这样等过。"很多网友都被他感动了，顺着他的艾特找到了我，在我的微博下留言劝和。说实在的，我不喜欢这种分手方式，有种自欺欺人的感觉。我只好采取我一贯的做法，置之不理。在我"装死"三天之后，他又艾特我发了另一条推送，"一路走好。"他发完这条微博，就彻底"取关"了我。他就像一个莽撞的少年，急吼吼地说着情话，趁我没看见就扑到我跟前。而他的语气，那一句冷酷的"一路走好"更是残忍地挥别着他对我的爱。也许，他根本不爱我，他爱的只是跟我在一起时能受到业界和大众双重关注的那个他。

我躲了他三天，任凭留言区里每天增加数百条评论。掉粉是在所难免的，粉丝们情愿挑选那些能支持他们立场的只言片语。即便他们正在首尔、东京、曼谷、斯里兰卡、冰岛玩，他们定位打卡之余，也要来评论两句我们的"分手"事件。他们从一场聚会赶赴另一场聚会，搂着伴侣往嘴里塞着棉花糖或小龙虾。都市的烟火气，不用去城隍庙里去找，尽在他们的微博动态里了。而这些热闹，似乎都与真正的我无关。

小诺在文治那条微博下面留言，帮我说了两句圆场的话。女人总是更明白女人，也更容易体谅女人。我打算原谅小诺之前所做的一切。小诺说，她最近在听朴树的歌，有一句歌词让她印象深刻，"别做梦，你已24岁了，生活已经严厉得像传达室里的李老伯。" 她感到被人催促着成长，被催肥一般要在一夜之间自力更生。去年还是2800元一个月的房租今年忽然涨到了3200元，这还是在上海非繁华地段租一间只有20平米的房子。然而，她的抖音短视频点击率急速下滑，她过去是发张自拍也有人点赞，现在却是喝口白开水都会掉粉。这一切，都让她由衷地感到害怕。我安慰她说："这大概与今年是2020有关，毕竟是新的一个十年，跨过去了，人也要跟着变。"她靠在楼梯间里继续抽烟，抽完最后一根后，她抱膝蹲在台阶上。我看不见她的脸。等她再回到办公室，她对我说，她跟程维分手了。

一个月后，文治出现在心怡集团周年庆的派对上。他穿了一件牧师或殉道士才会穿的长袍，用字正腔圆的伦敦音跟宴会上的美女交谈。最初，这些穿超短裙的女人们发现他独身时，无法理解他为什么拒绝她们，她们认定他心性超然。但几轮推杯换盏之后，他迅速在她们崇拜的目光中沦陷，快速接受了他既是艺术家又是"牧师"的角色。他原本茶色的头发已经挑染成灰白相间的颜色，前几年，这种"奶奶灰"流行过一阵子。他握着酒杯的手反着头发的光，灰色的，在空中周旋了一会儿，最后落在了一个女人的大腿上。看到这里，我断绝了想要上前与他打招呼的念头。他的手开始摩挲那个女人的皮肤。可我拦不住小诺，她说她要替我出头。话音未落，她就已经坐到文治那一桌了。

当我正踌躇不前之时，DJ台上却有一个熟悉的身影向我招手。起初，我以为是DJ打碟时的动作，他的个人风格而已。可他不顾现场观众，公然大声喊我的名字，"袁小馍，馍小袁，哦耶，袁袁袁小小小馍馍馍馍馍。"我无奈地笑了，我永远不指望自己能理解程维的音乐。我很庆幸，他秉着职业精神打完了这一曲才跳下舞台。在他穿着一身松松垮垮的波西米亚布衫跳到我眼前时，我没想到，我和程维的"久别重逢"竟然与我和文治的"守望于江湖"发生了重影。我不否认，再见程维充满了喜悦。他穿着的烂布头其实是出自欧洲知名设计师之手。他提到自己最近的一次巴黎旅行。说这话的时候，他兴致勃勃地翻出了手机，给我看他在巴黎街头逛到的几个品牌。他的语气诚恳又热烈，"老馍，你准保感兴趣的，你看，有跟你很像的这个'性冷淡'风格的 Jil Sander，还有这个英国做裤子版型特别正的 Joseph，对了！这个这个，Lemaire 这个牌子我最喜欢，设计师以前在爱马仕工作过，他有一个越南裔的灵魂伴侣，叫什么 Sarah 之类的，她是他的缪斯，我觉得她的气质简直跟你不能再像了。""Sarah-linh Tran。"我帮他补全了他的话。他听着，绕着我转了一圈，接着反方向兜了回来，说："对！你现在给人感觉特别不一样，像是一下变成了一个奢侈品，你不要误会我的意思，我是在夸你，我是说，你穿上你自己做的衣服之后，整个人都在发光。"

我和程维聊了很久，他几乎把他在欧洲的所有见闻都一五一十地展开了，包括他在柏林街头偶遇制作人兼 DJ 的一个纽约"大神"，两个人是如何在一家只有 10 平米的小酒吧里从白天聊到黑夜的，他们喜欢彼此的创作，那种迷离、松散又神经质的音乐。他从别人的故事里看到了更广阔的世界，他听了一些与纽约地下音乐有关的故事。他还说，他要搬到纽约去。"当然不是一直待在纽约，偶尔去一趟底特律和芝加哥吧，听说那两个地方的 Techno 是'北美最强音'。人生难得的机会，我要开发我的潜意识，打出更好的 Techno。"

我的一只半裸的胳膊肘靠在装饰豪华的扶手栏上，整个背都在微微向后仰，我的头倒转着，看着这雾蒙蒙的浦江夜景，所有灯红酒绿的地方都隐藏在江上的这片薄雾之中。"你是个艺术家，我想你能明白我。"程维接着说，"你笑起来还是那么美。"这话听起来耳熟，我想起我会用同样的语气来形容郝大小。她珠光闪闪的亮相总是能让薄雾化成雨，淅淅沥沥地浇在这片土地。

我以为是雨，但我和程维想找个地方抽烟时，无意间在楼梯间里撞到一对正在亲热的情侣。他们像石榴籽般紧紧团在一起。那个男人听见我们的脚步声正要提上裤裆，他的肩膀忽然缩进了他的袍子里面。他惊惶不安，不知是否应该待在原地不动。程维做了一个吞咽动作，接着拽着我背过身去。我看到女人扶着男人的肩膀，从男人的胯下走了出来。她摇摇头，脸色苍白，牙关紧咬。我依稀听见女人在对男人说着什么，好像是，"哥哥哥哥，我们……该怎么办啊？"我还听到午夜降临的声音，黑暗与寂静像一个吻包裹着我，皮肉包裹着种子那样。听到这里，我泪如泉涌，在下巴上汇成了一个海盐做的花束。

小灰

> 我感觉到我的嘴在动,我不清楚自己在说什么,但我想尽可能地撂一些狠话,覆水难收的那种,极其伤人的话。

小灰走丢了。

我发现它不见的时候已经是凌晨 3 点,我才从公司周年庆的派对回来,我一进家门就知道有什么不对劲。当时程维搀着喝多了的我,我一脚迈进屋发现鞋里、客厅里、厨房和浴室里都没有小灰的踪影。我光着脚跑到阳台上喊它的名字,却发现阳台的门开了一个小缝。想了一万个它可能去的地方,我也不断分析着它离家出走的原因。上周刚带它做完绝育手术,隔三岔五我就要带它去宠物医院上药,它一定是因为耳朵不舒服又戴着塑料颈圈不能挠、不能舔，于是一生气就离弃了我。也许，它是因为不能再到文治家去玩奢华的猫砂泳池而闷闷不乐。我还想会不会有可能是它去找郝大小了，毕竟它那么喜欢黏在她身边。可我给郝大小去了电话之后，她直接从床上跳了下来。郝大小来到我家门口的时候，还穿着她只在卧室里穿的那双兔毛起居鞋。

　　那天后半夜，我、程维和郝大小坐在我家的沙发上，靠着之前被小灰霸占了的坐垫和毛绒玩具。我感到自己很快就被小灰的气味笼罩了，满屋到处都是它身上的味道——有点像早晨阳光的味道，但更像我们店里新鲜出炉的恰巴塔。郝大小纠正了我，她说："那不是阳光的味道，据科学考证，这是棉织物经紫外线照射产生的气味及微生物死掉后混合臭氧的气味。"我像被人一下子抽了真空，完全没力气跟她斗嘴。好在程维素来都不喜欢郝大小，他帮我怼了她，说："你又不养猫，怎么能理解她作为铲屎官，辛苦工作了一整天，回家可以把头埋进小猫咪温暖怀抱里的那种快乐，绝对一扫疲惫和不安，第二天满血复活……"郝大小生气地眨眨眼说："你又不是她老板，凭什么说她上班就会'疲惫'和'不安'？如果不是跟你鬼混到这个点，她会耽误了回家，丢了小灰？"

　　房间被郝大小搁在我家的浅绿色浴缸隔成了两半，我们仨背靠着浴缸而坐。随后，在我那只开了客厅一盏立式台灯的房间里，发生了如下对话：

"对，你是她老板，可你就介绍了你们名流圈这些不三不四的人给她认识。小馍很单纯的……"

"我知道她单纯，这还用你说！昨天那个周年庆，我都跟她说了不用去，她非要去见下文治，跟他好好谈一谈，我能拦着她不成？"

"事情就是从认识你开始变坏的，如果没有你，我和袁小馍不可能分手。"

"什么乱七八糟的，Hey，这位大妈，你搞搞清楚，不是我让你劈腿的，你在夜店当众亲人家女孩，还让那女孩发微博秀恩爱，这不是我授意你去做的吧？"

"你说谁'大妈'呢？"

"你这什么心理承受能力，喊你一声'大妈'就不乐意了？就你这样，还想做中国最好的DJ呢？"

"打人不打脸，姓郝的，你不要质疑我的专业能力！"

"你还有专业啊？就昨晚那个场子，我不去都知道你打得怎么样。"

"既然你看不上我，为什么还要你的人专门请我来打碟？啊，你可以找厉害的人啊？是不是找不着啊？还是说您根本对Techno一无所知？"

"你不要给脸不要脸啊，如果不是小馍问我，我能想起你来？"

"我懂了，那你肯定听不懂噪音音乐？"

"What（什么）？"

"如果一直有一个刹车声持续不断，那么你的身体是处于静止还是高速运动？"

"我根本不想听你废话。"

"你面对这种切入灵魂的哲学问题，根本上是困惑和恐惧的。所以，你拒绝回答我的问题。"

"袁小馍到底从哪里认识的你啊？她怎么净在垃圾堆里找男人呢。"

"你把你账号给我，或者你加我一个微信，我现在就把今晚你施舍给我的演出费退给你。"

"Pardon（拜托）？谁要加你微信啊？"

"不然你就回答我，刹车的那个问题。"

"你俩都给我闭嘴！"我说这话的时候，已经站在楼下，冲着我家的阳台喊话。

我重复喊到第三遍"闭嘴"，他俩才半信半疑地从阳台上探出头来。他们看着失魂落魄的我披着一件白色的尼龙充绒大衣，都露出了古怪的笑。郝大小后来跟我说，她以为她看到的是一张长了腿的白色鸭绒被。

那晚的月亮很圆，我们走在空无一人的巷子里，对面是一幢幢昏暗的房屋。我轻声呼唤小灰的声音回响在街头巷尾，荡在夜空里，与我们的脚步声一致。不过等我们转弯后，那回响就小得多了。我想起就在天平路的转角，我第一次遇到小灰，那么美好，令人恋恋不舍。它也许再也不会回来了，正如它原本也不是我专属的宠物。我不是它的主人，我们没有从属关系。只是机缘巧合，同住在一个屋檐下的两个生物。

小灰喜欢吃恰巴塔。它走丢后的一个星期，我全天留守在 AVEC TOI。我想，即便它不是靠气味来判断回家的路，它也可以靠着自己的生物钟找回这里来。AVEC TOI 对它而言，不仅是间面包店，还是太阳一般的存在。我查了知乎又征询了微博网友，所有人都告诉我，猫咪是可以通过太阳的位置来决定此刻去做什么。在远古时期，它们就是靠太阳来决定什么时候出去猎食，什么时候不要出门以免遭遇天敌。它体内的生物钟也会告诉它，主人大概在什么时候上班，什么时候回家。然而也有网友留言说，如果小灰走丢的距离在 12 千米以上，它就很难找回来了。因为猫咪走丢可以被看作是它体内生物钟与太阳位置发生了偏差，猫咪要是能顺着纠正这一偏差的方向前进，就可以找回原来的家，到了面包店或者小区楼下，闻一闻就能定位哪个单元是自己的家了。

我连着一周没去心怡上班，抽空去调出整条天平路各个巷子的监控录像，最后到我们单元楼下又找了一圈，仍是空手而归。程维帮忙做了一张印有小灰头像的海报，上面写着我的联系方式和一行大字，"你见过这只猫吗？它是我的猫，长得超级可爱，如果你没见过，没关系，现在让你看看。"周围小区和物业的保安拿到这张通稿，十分无奈却又哭笑不得。他们同时收到了郝大小发来的"重金悬赏"讯息，但没有猫，他们自己也领不了这个赏。郝大小最后妥协式地打电话来，央求我，"美女，不然给你买只新的吧？无毛的斯芬克斯猫，很贵的，怎么样？"

在被我婉拒之后，郝大小为了我，在公司将"每月15日设为'爱猫日'"，员工们在那天可以带自己的小猫来上班。除非很偶然，碰上一两只小猫——这种机会非常罕见，我会说服自己待在隔间里不出来，或者在"爱猫日"专门请一天病假，多数时候我宁肯安静地活在自己失去小灰的真实世界里，也不愿招惹令自己可能后悔的事。郝大小骂了我好几次，一直责备我不能因为一只猫就放弃了我作为"独立女性"的想法。她还用了"激将法"，命姚秘书搜罗了文治和其他女生暧昧的聊天记录和亲密照片，厚厚一摞甩在我的办公桌上。

我翻了翻，脸色一下就变了。我立刻抄起这些文件，闯进了她的办公室，迎面就是一句，"你给我看这些，你想干嘛？"

"以毒攻毒，给你看看你的前男友是怎样一个人。"她说。这是她头一回在公司与我讨论私事。

"你是怕我因为你吃了我的戒指而怪你。可你就是毁了我的幸福。"我说这话时,交叠起的双手紧紧缩在背后。

"你的幸福从来不该依靠男人,你是一个有天赋的设计师,你应该靠自己去创作。如果你现在就回家生孩子了,不出一年,你就会站在这里,怪我当初为什么不拦着你。"

"郝大小,我没有你那种生活,你不能指望我像你一样,我没在群岛上度过童年和美好时光,不曾拥有大房子和车子,这不代表我不配拥有一个好老公。是你把他逼到那个地步,你这是为了独占我。你就压根不想我跟除了你以外的任何人吃饭、聊天、睡觉!"我感觉到我的嘴在动,我不清楚自己在说什么,但我想尽可能地撂一些狠话,覆水难收的那种,极其伤人的话。

她把腿从地面上抬起来,后移了一下椅子,背对着我说:"我就知道,你不会因为一只猫而郁郁寡欢,你是因为我,你生我的气……你可以不成为一个独立女性啊,我不再强迫你。"

"可你在我脑子里种下了这么一个概念,是你教给我,女人要有自己的生活、爱好、事业,在遇到你以前,我浑浑噩噩地活,从来也不觉得有什么羞耻感。可你一来,天翻地转,我不能再像以前那样了,我要对我的衣服负责,做我粉丝眼里最好的KOL,还他妈要对你负责。我哪里担得起这么多责任?所以,我必须要跟程维分手,不得不拒绝文治的求婚!不对,文治那个是你非要把戒指吃了的,那么大一颗钻戒,你也不怕噎死。"

"你知道我在医院呕了多久,才把那东西吐出来吗?如果是我向你求婚,我绝对不会买那种假大空的国产钻戒,只有重量,完全没有净度、颜色和任何切工。"

"你管得着吗?那是我的戒指,你吐出来了不还给我,干嘛要找文治?"

"你知不知道红人和大V挣钱,依靠红人和大V经营流量的公司不赚钱?"

"不赚钱的生意你会做吗?你的本质可是个商人啊。"

"2020年财年前三季度的GMV,都在这个本子上了。"

她用手把一打黑皮文件簿推到我面前,继续说:"你要是不想看,我可以告诉你。我们今年前三个季度的GMV分别是1.2亿、2亿和2.2亿,实现的营业收入是5700万、9470万和8560万,然而,网红经济并没有给我们创造直接盈利。你看看当季的亏损就知道了,分别亏了430万、890万及570万。亏损的主要原因是过高的销售和营销费用。你进公司快一年以来,公司的毛利率一直处于下降趋势。"

"GMV是什么?跟MCN和PGC一个意思?"

她叹了口气,"GMV指的是成交总额。"

"你觉得自己理亏了,就开始跟我谈钱了,是不是?"

"谁刚才说我是个商人的?我跟你谈人生,你也得听得进去才行。"

"我听了又如何,我这种'下只角'出身的就不配拥有人生。"

"我对你的好,可能已经变成母亲对女儿那种不求回报的好……"

"你有母亲吗?就急着给别人当妈?"我说完这句,心里其实特别后悔。

"至少……我在见证你成为一个better you(更好的你)。"

"你只是在看我变成一个你喜欢的样子!"我慢慢意识到我的话在空气中凝结成了玻璃,然后裂成碎片,一下下扎进她的心。最后,我一副结案陈词的样子,冷酷地说:"我就是你养的小灰,不是吗?如果哪天我走丢了,你根本不会花时间去找我。你那么有钱,直接买一只新的就好了。这世上,有的是比我更名贵的猫!"

姚秘书

姚秘书走过来,给了我一个带着鲫板子气息的拥抱。她深情地摸着我的头,有那么一秒,我想她把我当成了她的女儿。

"道歉,不道歉,道歉,不道歉,道歉,不道歉……"一个上午过去,我在便条本上写了好几个"正"字,每卖出一个恰巴塔,我就画上一个横或一笔竖。我想,如果最后刚好凑出偶数的"正"字,那我就去跟郝大小道歉。要是拼出来的是奇数,我就想办法让郝大小跟我道歉。那天下班的时候,攒了 15 个正字和一个多出来的横。我数完以后,如同生怕暴露秘密的小学生一样,用铅笔把这些"正"全涂黑了。

离开面包店,我沿着天平路反复走了几十个来回。我不明白，明明是今天吵、明天笑、近了烦、远了想的人，为什么不见时又会教人如此挂念？我怕我即便跟她主动示好，她也不肯原谅我。我查了知乎和豆瓣的相关评论，网友们说，闺蜜吵架之后就很难回到从前，即便回到了，也总有哪里不对劲。他们说，那种表面上看上去相安无事，但实则不再亲密的关系最让人揪心难受。尽管不甘心，可我能怎么办？有些事，总不能当它没发生。我犹豫再三，最后暗下决心：这样吧，我明天再卖一天面包，再想想看。

我暴走到武康大楼时，在武康路和淮河中路的交界口遇上了拎着菜篮子买菜的姚秘书。她拿的不是时髦的菜篮子手袋，而就是一个能装肉、蛋，又能塞进蔬菜、水产的普通菜篮子。

我小时候，住在弄堂口的买菜阿姨就经常提着这种手工编织的篮子来给我家送菜。我还记得，那阿姨从河南乡下来，做过小保姆，也在街道食堂烧过饭，最后找到我们这里来，平时主要的工作就是替人排队买菜。算上我和外婆，她一弄就有十几个"户头"，赚头不错。做久了，她成了我们那一带的地头蛇。只要她的篮子在，她人就在，其他人去市场买菜，见了这个篮子统统要退到后面去，乖乖排队。姚秘书提着篮子的样子，让我想起了那个买菜阿姨。姚秘书自然是不会骂人，那个阿姨却凶得狠，一个不小心得罪了她，她会一手叉腰一手点戳,唾沫横飞,指天画地,专捡难听的骂,骂到你魂飞魄散。姚秘书跟我打了个招呼,她的脸上带着几分羞怯和尴尬,说:"这么巧哦。我今天刚好下班早,趁着卖生鲜的收市前,过来淘点便宜的鱼跟海带。"她这是在为自己买菜找理由。我帮她拎了一个塑料袋,袋里的鱼蹦腾了几下,我说:"你不着急的话,我们找个地方喝杯咖啡?"

姚秘书坐下之后,还在解释她买菜的事。"今天真是碰巧了。其实真是不经常买菜的,偶尔吃鱼也是吃海鱼,都在网上买冷冻的。不知道为什么,突发了奇想,就想吃葱烤鲫鱼。淡水鱼,我一年都吃不了几条的。"我没问她一个人为什么买这么多菜,她又跟在公司一个样,过分紧张、细致地向我解释了一番,"说起来这个葱烤鲫鱼啊,鱼是次要的,要从怎么选葱开始。我不是为了鱼才来菜场的,其实是为了这几把葱。"她从菜篮子深处托出几把"绿色"给我看,"然后才是鱼。这个季节钓不到有春的鲫板子,但无子也可以烧出佳肴。一顿做好,可以热吃,也可以从冰箱里拿出来,干吃鲫鱼汁冻。味道鲜的啊,我做好了给你拿一些。"我问:"鲫板子?""嗯,我是桐乡人。你看,一不小心,说溜了家乡话。"

姚秘书从鱼讲到桐乡,后来又讲到了她的丈夫和10岁大的女儿。但他们都在春节过年回家的高速路上,因为一场24

辆车相撞的连环车祸而不幸丧生。她当时正在桐乡的家里等他们从上海回来，鱼才处理干净，就接到了交警的电话。事后，她抑郁过，也试过自杀，但最后被她的父母救下了。她妈妈原本就在郝大小家里做清洁，一次跟郝大小念叨了一嘴她的事，没过几天，她就接到郝大小亲自打来的电话。她现在身上的打扮也是郝大小挑选的，她穿着她送来的黑色高领连衣裙，一穿就是三年。"我慢慢又开始吃鱼了，仿佛中断了的那些日子没有存在过一样。人不应该沉湎于悲伤之中，更不应该因为流连悲伤而憔悴。"

"我现在就很悲伤。"我知道我不应该拿自己的悔恨跟姚秘书的遭遇相提并论，但我忍不住这么说。我的脸是精心化过妆的，这时一滴泪水流淌下来，湿湿的印迹像是跳出水塘的鲫鱼，一路吞食了红润的颜值，打湿了沾着黑色眼线液的睫毛。

姚秘书走过来，给了我一个带着鲫板子气息的拥抱。她深情地摸着我的头，有那么一秒，我想她把我当成了她的女儿。鱼在她的菜篮子里又蹦了几下，她提着篮子跟我道别。我那时已经不哭了，她告诉我说："老板是个很好的人。在我认识的人里，没有人能跟她相比。你如果想她，就要让她知道。人生很短，别给自己留下遗憾。"

她踏着她的方头皮鞋走了，步伐依旧快速而谨慎。我透过窗户往武康路望去，街上浮着一种奇妙的难以言表的微光，可我往天上看，月亮却没有露脸。为了叫"月亮"出来活动活动，我给郝大小发了一条微信，"对，不，起，我，错，了。"然后我又发了一个定位过去。我想象着，我将变成这餐桌上的咖啡杯和棕糖糖罐。因为她不来，我不走。

独角兽之战

我和姚秘书迎面撞上来跟我们开同一个会议的无花果。她的脑门看起来格外突兀,就像一个寿星公不小心从年画里走了出来。

深秋的上海有点凉,但还不算冷。秋雨把梧桐深处打得斑驳陆离,路人再难将树影与树叶区分开了。再见郝大小的时候,她把金色的头发全都染回了栗色。她把头发在脑后盘了一个大髻,高高扬起的眉毛在近鼻梁处变得浓厚细密,而在近鬓角处又几乎淡得不易察觉。她红润的面色一直蔓延到她娇嫩的双耳下方,在那对修长的耳垂上有两条细缝。她从前戴耳环时留下的印子,耳环戴一对丢一对,现在索性都不戴了。

她见到我时吃了一惊,我剪掉了留了 10 年的长发,把男孩子一般的短发染成了金色,就是她之前的那个颜色。她形容我的改变是,"你去了希腊或法利隆?怎么白得直晃眼?我童年住在海边,每天清早推开窗,就能见到你这种白得吓人的家禽,小公鸡也是你这个色。它们起得超级早,不断扑扇着翅膀发出烦人的噪声。"她还说,我剪了头发之后气场骤然增强。我一走进来,整个办公室仿佛都被我填满了。我坐在她对面,盯着她的脸和头发看,就像在欣赏过去的自己。

郝大小再也没提过公司的运营状况,也不对无花果的背叛作任何评价。但我通过姚秘书了解到一些数据,恍然之间意识到,无花果的离开到底带走了什么。在 2018 到 2020 财年中,心怡影视的营收极度依赖顶级 KOL 无花果。单是 2018 年一年,她个人名下的直播平台和店铺为心怡贡献的收入占到心怡总营收的 50.8%,而到了 2019 年和 2020 年更是分别增长到 52.4% 和 53.6%。也就是说,无论心怡会不会融资新资本,不管外来的资本运作有多复杂,如果心怡没有"无花果",就等于是遭遇"腰斩"。姚秘书在跟我分享这些数据的时候,也解释了一下心怡目前的危机恰恰是源自这个变化——"过分依赖 KOL,让我们没法化解 KOL 流失的高风险,这也就让我们与无花果之间的议价能力低,以往都是惯着她,她抽成比率高到离谱。"

我们的对手公司天蓬影视（就是"天蓬元帅"那个"天蓬"）重金引入无花果时，无花果想都没想就一口答应。我们公司剩下的这批小网红，90%的KOL年GMV都超不过500万。面对市场上势头正猛的新生代网红，原本遍地开花的MCN机构纷纷都已落寞。而这个天蓬不仅挖走了无花果，还跟文治签了具有排他性的独家合作协议。他们想要通过招拢现有的业界精英，孵化出更多的年轻网红，并且逐步形成行业垄断。郝大小不说，我也明白她的难处——像我这样不称职的"网红"，明明是KOL却硬要做服装设计师，占着公司的资源还不能为公司"卖货"，这不更加剧了公司红利的消失？可恨的是，我这人自身又爱面子，偏偏拉不下脸去跟张大奕、薇娅、李佳琪那些风头最劲的网红分一杯羹。我不卖口红，口红当然不会找上门来求着我卖。

在刚入冬的时候，我已经摸清了公司基本的运营模式，开始作为郝大小的替身出席一些会议谈判。我印象最深的一次是在宝格丽酒店。我和姚秘书迎面撞上来跟我们开同一个会议的无花果。她的脑门看起来格外突兀，就像一个寿星公不小心从年画里走了出来。她顶着这一脑门子的填充物，颐指气使地摆弄着她玫红色的丝绒短裙，她不小心露出她光滑的大腿。她走近我，伸出小拇指怼了一下我的肩膀，说："今天我陪你玩，你要什么，我争什么。我啊，志在必得。"她说罢，就像一个西班牙舞女，旋转着她的裙摆和大白腿，在她的座位上落座。我的位置就在她对面，我冲着她抖了抖刚刚被她摸过的立领衬衣，然后思忖着，想着等下将要做报告的方案，颇有信心地用食指和拇指打了一个响指。

Ventile品牌的投资人一进来，立刻扫了一下会议室里坐着的10家网红公司的代表。这个英国佬双目圆瞪，脸色发紫，他身上的深色西装笔挺异常，胸口位置还放了一块浅色的口袋巾。他让他的中国助理播放了他们准备好的视频，全程没开口讲一句话。视频里介绍了他们是一家全球生产最高质量棉纺织品的实业公司，但想在打入中国市场这方面先跟上海的网红"独角兽"公司合作。我和无花果听到"独角兽"三个字，不由自主地瞪了彼此一眼。他们之所以这么做，是因为他们既有雄厚的资本又有一百年的金字招牌，跟他们合作的公司必须是同时能进巴黎、米兰、伦敦、纽约时装周的国际一线品牌。

他们的工艺可以精良到什么程度？他的助理当场拿出了两件夹克为我们展示———一件是我们平日穿的单层纯棉夹克，里衬只是普通织法的100%棉布衬，只能日常穿着；另一件是他们公司生产的双层Ventile夹克，重量没有加倍，但是保护性更强，防风挡雨，结实耐用，可以进行危险系数高的攀岩或野外探险。我听到这里，举手想问一个关于棉材料的问题，但马上被无花果抢先一步。她走上台去，直接拉了凳子坐到英国老板的身边，娇滴滴地诉说天蓬公司是业界唯一的"独角兽"，旗下拥有多少一线网红，又积攒了多少流量，可以下沉到中国几线城市的市场，等等。那个一脸严肃的英国佬就这么干巴巴地听着，不看这讲者一眼，也不接她的话。无花果说了 10 分钟之后，自觉没趣地闭上了嘴。我低下头，发微信向远在北京的刺客打听 Ventile 集团的底细，他才听到我正在跟 Ventile 开会，就一连发出 8 个惊叹号。照他的描述，他店里所有的大牌在棉布材料上用的都是 Ventile。这下，我心里便有数了。我再抬起头时，无花果仍旧坐在英国人助理的位置上，说什么也不肯回她的原位。

通向走廊尽头鸡尾酒吧的门没关，不时会有风吹进来，天花板上枝形的杏色水晶吊灯轻轻地摇晃。英国佬比这吊灯还要安静。他始终清醒地观察着我们在场的每个人，他的助理走到桌尾，站在他的正对面。英国佬使了一下眼色，助理就像被人上了发条，一字一句地说："我们很荣幸今天能请到这么多家优秀的网红公司。但是我们希望这次合作的契机可以通过一个小测试来进行。马上就是 2021 年了，我们希望邀请各位参加 Ventile 的巴黎时装周。那个测试就安排在 2 月下旬'2021 年秋冬时装周'的秀场进行。各位都是业内行家，应该知道春季发布的是秋冬季的时装,这一点,我想无须我提醒。大家回去之后,很快会收到来自我们公司的面料,希望各位可以派出自己的网红,请注意,参赛的必须是贵公司的网红,不能是外聘的专业设计师。届时,我们会在秀场现场由巴黎时装界的权威选出得胜者及其公司团队,并宣布与他们长达 5 年的战略合作。"无花果先是坐着回味这助理讲的话,接着觉得很兴奋,站起来要拉投资人的袖口,却被投资人巧妙地躲开。她默默地舔着自己的嘴唇,再次鼓起勇气,用她蹩脚的英文问:"Still 20 millions(还是 2000 万)?"终于,那个我以为是哑巴的英国佬开口说话了,他盯着无花果高跟鞋上的橙色绒球,不带任何情绪地说:"20 millions, but every year(2000 万,但是每一年)。"

我回到公司跟郝大小讲了这个事,她整个人笑得直不起腰。我问她为什么笑成这副德性,我们又不是稳操胜券就一定能拿下这个项目。她捂着肚子挥挥手说:"我笑的不是这个……哈哈哈,你不知道无花果肯定被气得不行,她急火攻心之后就会'扑哧'一声笑出来。一个人剑拔弩张、鬼哭狼嚎到不行,却因为不能笑场而先认了怂,这太搞笑,哈哈哈。天蓬就不该派她去,哈哈哈,她怎么可能憋住不笑。还有啊,她肯定穿得像个卖香料的土耳其大妈,什么颜色都往自己身上堆,吓死那英国来的投资人了,对不对?"我从没听过郝大小讲任何人的坏话或开任何人的玩笑，所以当下确实有些不适应。

过了一会儿，我在她停不下来的笑声中插进一句话，问道："投资方给钱倒是蛮大方，但提的要求比较古怪。他们需要我们派一个网红来参加比赛，不能是设计师，那咱们这边派谁呢？"她还在咧着嘴笑，但我能明显感觉到她发笑的"水龙头"正在逐渐关上。她直起背来伸了个懒腰，然后突然把椅子转向我，飞快地说："你。"

巴黎春天

> 他说了一句其他人不可能听得懂的英文,带着浓重的法语口音,但我却像是被醍醐灌顶一般,一下子开了窍。

我的 20 岁生日,在去巴黎的飞机上度过。引擎的轰隆声把我从睡梦中吵醒,我摘下眼罩看了一眼飞机舷窗上结出的冰凌,它们围着窗子底部的小孔放射状地散开,然后聚拢,再散开。郝大小比我年长一岁,她在 20 岁那一年,彻底放弃了重返校园的念头。去年,她对着镜子里不再长高的骨骼许诺,她要把心怡集团撑起来,"无论如何,活着,不要死。"

天气预报说,2021 年是巴黎 150 年来最潮湿的一个春天。罕见的是,天气预报这次没有预报错。从机场接机的专车到送布料到工厂的火车，跟我们对接的所有巴黎人，无一例外，都以"下雨"作为他们迟到的借口。我试图用我并不流利的英语跟他们解释这个"守时"的重要性，并拿出了我们在国内一早与他们签订的合同。可他们照旧不予理睬，甚至在大雨天把车特意绕到卢浮宫门前，挤在满载游客的大巴车之间，故意让我们前后动弹不得。我派擅长撒娇的小诺出面，她跟司机大哥聊了两句之后同样吃了闭门羹。我和郝亮同时认为这没有可能，他怎么可能不喜欢你，他上车前就一直盯着你的屁股看。对这结果，小诺也很不甘心。她说，司机让她学好法语再跟他对话，他们法国人从不用英语跟人谈条件。

在巴黎的一个多月里，除了跟 Ventile 公司的人开会，给他们看设计草图之外，我基本将全部的精力都投入到这批即将登上巴黎秀场的衣服上。郝大小安排我们一行人统一住在玛黑区的法兰西酒店。平日，郝亮负责外出打理对外事务，而小诺则是她求着我带上的我的助手。她担心我一个人上"战场"，再没个能供我差遣的人，恐怕在气势上就要输给无花果一截。她在临别时，也告诉我她之所以挑选玛黑区的原因，"你早上醒了，从阳台往楼下看就会明白我的心意。我在读海明威的时候，我赞成他对巴黎的绝大多数观点，but（但是），我唯独不能苟同的是，他竟然喜欢卢森堡公园多过玛黑区，这是什么逻辑？"一个对生活本身有欲望，想要的不只是片刻宁静的人，最终会把她的家安在玛黑区。我出发前也曾问她："既然你这么喜欢玛黑，为什么不跟我一起去巴黎？"我确实需要她，她的在场对我很重要。就像初春的下午，在一处雨渍已经干透了的长板凳上坐下，向咖啡店里的棕卷发老板娘要一杯清茶和一份有巧克力夹心的牛角面包，那是那天，也是每一天的"must have（必需品）"。

人与人的关系能够维持下去，靠的都是相互之间的有来有往。郝亮通过他本地时尚界的朋友租了我们酒店附近一间应用艺术大学的教室，作为我临时的成衣样板间。真正的动手剪裁，都是我一个人完成的。小诺从不碰我的衣服，她只负责帮我买咖啡、订餐和联系郝亮。她一直在找机会跟我道歉，为了上次在周年庆上的那件事，但我一直没给她这个机会。郝亮接到小诺的电话，不定时地会过来探班，然后神秘兮兮地向我透露，目前有多少时装编辑、零售商、买手、摄影师、博主都翘首期盼着我的"首秀"。他甚至说，在这个圈，几乎没人有过我这样的际遇。如果我这次成了，我就直接跻身准一线品牌的行列。他为了让我能提早熟悉秀场举办的场地，还特意在周末带我到巴黎近郊的隆尚赛马场参观。他说，这次比赛除了 10 家网红公司的走秀之外，开幕还会有大型的视觉艺术表演。据他了解，光是开幕的预算就超过了 30 万欧元。而这个场地本身，就曾举办过 Dior 的"2019 春夏"大秀。我们踩在刚铺了一半的银色哑光胶质地板上，抬头看着正在搭建的银色拱廊街天顶，追光灯从左向右一盏盏在我们眼前亮起。郝亮指着一盏灯跟我讲："你就是那颗星。"我随着他的手指看到了自己的设计在这个舞台上展出的样子，他们不是"星"，只是许许多多再普通不过的女人衣橱里经久耐穿的粗布棉衣。我从不羞于承认我只是在做衣服，因此我不需要用任何其他的修饰来证明。我非常骄傲自己在做普通人的衣服，看到他们穿上我的衣服而顺畅地表达了自我，正如我不介意在雨后的巴黎，在晒到太阳的草坪席地而坐。

距离开秀不到一周的时候，我在撕扯布料时不小心把手扭伤了。小诺帮我上了药膏和绷带，我的手在接下来的一整天都不能自如活动。她就在这天，陪我去逛了玛黑区最著名的巴士底露天市集。单是卖芝士的摊位就有不下20个，而每个摊位上，芝士的种类又是琳琅满目的，数也数不清。小诺递给我一小块可供试吃的蓝芝士。我盯着这芝士表面蓝绿色霉菌纹理，舔了一下，皱皱眉头，想放回去但又瞅见店主正翘首期待着我的反馈，于是只好硬是把这块芝士吞了下去。

这个市集就像巴黎人硕大的胃，盛下了面包、芝士、鲜鱼和蔬果，吃饱了再为你提供解腻的咖啡、茶、红酒和果脯。我原本没打算吃任何东西，手坏了，我的心思还悬在最后那几件衣服的配饰上——我在想究竟是用珍珠，还是用琉璃做纽扣。小诺拉着我来到一家卖可丽饼的铺子前,直接跟老板要了两个"Andouillette"风味的可丽饼。那络腮胡子的老板穿着一个沾着油渍和面包屑的绣花围裙,打量着她和她身后的我,反问道:"你们真的知道什么是 Andouillette 吗?"小诺连忙回答:"嗯……某种香肠?"老板转头告诉他的女店员(看上去应该是他老婆),他们津津有味地聊了几句,最后他回到我们面前和气地说:"你没吃过还是不要点这个,法国人吃的东西有时很可怕。我们建议你点这种香肠,比较适合你。"随着他话音落下,我们身后有几个戴着漂亮礼帽的老太太也纷纷点头,其中的一位戴着别致的透明棉线手套指着柜台里的一根香肠,说:"对,这个好吃。千万别点 Andouillette!"我拿到可丽饼之前,又请那位太太向我展示了她的手套。我以为那种透明的质感不可能出自棉料,而有足够硬度的棉料往往又不能做到这么透明。她骄傲地转着手,为我解释说,这是她自己在手工艺班上一针一线织出来的,后来找了她一个做艺术家的侄子给棉布上贴上两层防水透气膜。这样,她晴天雨天就都能戴了。

到头来,我也不清楚巴黎的可丽饼究竟是什么滋味。我当时向老太太要了她侄子的地址,就截了一辆出租车向她侄子在第 18 区的工作室飞驰而去。按图索骥找到地址,对了门牌号,按了门铃,见到了那位专门"贴膜"的艺术家,我绕开了跟他可能发生的所有寒暄，单刀直入地问他如何贴压才能防止棉布起毛或脱线。他说了一句其他人不可能听得懂的英文，带着浓重的法语口音，但我却像是被醍醐灌顶一般，一下子开了窍。我终于明白，为什么我一直以来没法将Ventile的布料用得得心应手，为什么Ventile公司的人说他们的棉布不只是做单层。他们的意思从来就不是让我用胶水将两层布强行黏在一起，而是要通过32/2股线来织，用两根32支的纱捻在一起织出一块厚布。我谢了他，并且给了他我身上所有的现金作为回报。他拿着钞票乐不思蜀，正想要留我吃个便饭，却发现我已经一溜烟地跑出门去。我发觉自己正在巴黎北区的街道上奔跑时，已经可以望到蒙马特高地上圣心教堂的白色圆顶。

月色攀上了街头七叶树的树梢，我在红磨坊和黑猫门口嗅到了缓缓上升的烟火气。那是一种比"Andouillette"（后来我查了字典才获知这是"肠肚包"的意思）更浓烈的气味，像是从地铁管道蹿出来的或从不讲究的小男孩信囊窝里散出来的味道，在香与臭之间不停流窜。我穿过用各国语言写成的"爱之墙"，黑人萨克斯乐手站在教堂高高的石阶上吹奏出一首与爱相关的小夜曲。

石阶楼梯下的广场，不爱说话的吉普赛人用可乐瓶剪出了一个心的形状，他递向了我。这时，我只想起了郝大小。

大秀开场

> 我眯起眼睛,透过眼睫毛看见我画好的立体剪裁在郝大小身上逐一展现,衣服的轮廓精准、清晰,衣服的动态自然、飘逸。

童年过后是另一个时期,一段漫长没有尽头的时代。我总是一个人,离那些有爸爸妈妈的小朋友远远的。文治把我的这段时期称为"迷失的岁月",一段"精神失明"的黑暗时期——他再见到我时,特意在我住的巴黎酒店的门口,又把这段话重复说了一遍。他说,许多人总是被这些不堪回首的迷失岁月所纠缠,消耗了大半生,却没有遇见一个让他们动情的人。我猜到他接下来想讲什么,但我还没准备好此刻再同他一起回到那片沙沙作响的林中小径。我只是淡淡地问:

"明天就是开秀日，无花果那边应该很忙吧？"这时，我已经连续 72 个小时没睡，刚刚从我的成衣样板间给模特们做完 Styling（风格配搭）。

"怎么样，你紧张吗？"文治问。

"没什么感觉了，手坏了又好，衣服拆了又重做。在巴黎一个月，好像过了一辈子。"我说。

"昨天我们在秀场后台遇到了纽约来的一个媒体人，她做巴黎时装周的采访将近二十年，她说了一句特别有道理的话，'每年来一次巴黎，头上就多出一道皱纹。'"

"谁说不是呢，上台前没人知道会发生什么。手忙脚乱的，那感觉都不是害怕，而是恐慌。"

"你一定可以，我相信你。"他轻轻拍了一下我的肩膀，继续说，"我从本地找了一家媒体，他们想给无花果做全程直播，就是包括后台准备、模特走秀、谢幕、酒会这些所有的事。我想着，不如也帮你一块做了？"

"我没什么好爆给他们的，我就是一个苦逼的乡下裁缝。谁能想到，我上次来秀场还是坐在 T 台下面，这次就要推自己的模特上去走台步了。"

"对啊，谁能想得到呢？"他说完，支在我酒店门口外墙上的胳膊肘撤了下来。他用脚踩掉没吸完的烟，背对着我走了。如果不是他脚下的烟头提醒，我完全不会察觉到，他在我酒店楼下等了我一个通宵。

　　大秀正式开始之前 4 小时，我与无花果在赛马场后面的后台不巧偶遇。她开口第一句话就是："我以为 Ventile 会在卢浮宫卡利庭院或者大皇宫办秀，搞了半天竟然选这么一个郊区破地。"她那天穿得出奇低调，白色 T 恤搭着浅蓝色帆布牛仔裤，眼神里透出的是十拿九稳的架势。她特意绕过来我这边转了一圈，取经是假，刺探军情是真。但我也很聪明，只挂了几件中段出场的基本款在成衣架子上。开场和压轴款式都还在路上，小诺还没有把它们运到现场。起初，我并没觉得有任何不妥。在接受了两个英文采访之后，我快速地吞了一个鸡蛋三明治。在郝亮给我送咖啡时，文治带着他的直播团队出现在我们面前，几乎是无缝衔接地让我继续介绍一次我的衣服，以及我那天素面朝天的妆容和个人品牌。我讲到一半，还没具体介绍到纯棉面料的编织手法，又被郝亮匆匆拉去跟场景设计师、灯光师沟通。我站在台上，看到已经开始有衣着光鲜的女士入场，她们妆容精致，从头到脚全是奢侈名品。郝亮跟其中一个年长的金发女人打了招呼，他回过头跟我说，这是安娜·温图尔的助理。助理象征性地跟我握了手，她说："安娜等下可能跟川久保玲一起到，她们会晚到。"听到"川久保玲"这个名字，我心里还是"咯噔"了一下。然后我马上明白，这个我不熟悉的"安娜"一定也是个大人物。没等我搞清楚今晚都有哪些"大人物"会来，我的思绪就被现场的工作人员打断了。再之后，我一直穿梭在整个T台的两端，不停地跟来往的法国工作人员解释清楚我要的打光效果和模特走位方式。他们一帮一地找来"英语更好的那个同事"同我交涉。在这一环节的沟通上，就浪费了不少时间。等我再回到文治他们面前，距离大秀开始只剩下两个多小时。

"这一季，我的设计主题是'自由'。这个词乍一听跟棉布完全没有关系，但却可以通过研究人体运动时肌肉组织的变化，结合最舒适的Ventile棉布，找到适合每一款衣服的独特织法。无论是单层如雪纺般飘逸的纱裙，还是双层涂了PU外层的工装夹克，我都希望穿上这个衣服的女人，可以恣意地做自己。"说完这段话后，我又立刻投入到现场配搭的工作中。

郝亮尝试给小诺打了几个电话，却都是忙音或占线。一种不祥的预感慢慢渗了出来。可我顾不了那么多，开秀前的每一刻都得争分夺秒。不仅我争，我们不足10人的团队上上下下都在争。郝亮见人手不够，情愿卸下他作为总编的"偶像包袱"，一手拿着我前几天在工作室做好的搭配指南，一手调整着模特身上的耳环和胸针。他为了给模特找一个手包，能在秀场前后跑几个来回。我想，这是因为他知道，一个看似再小不过的细节都有可能决定成败。走秀要的是完整的视觉呈现——一个胸针，一对耳环，一条腰带，都对服装主题和风格表达至关重要。我别上他送我的那枚银色发卡。他不经意地瞥向我，看到发卡时，他笑了，并且用他撸起袖子的手冲我竖了一个大拇哥。

无花果那边的模特已经开始在台前彩排了，我最关键的那几套设计还没有送到。几个只穿着白色紧身打底衫的年轻模特，像几棵光秃秃的幼苗直愣愣地出现在我们的后台。我拿起我的外套就往门口走，文治却一把将我拽住。他非常紧张地问："还有一小时就开场，你要去哪？"我边走边说："我得去找那些衣服，没有它们不行。""它们没有你重要，这里没了你也不行。"我跑到马场门口时，文治还站在原地不解地望着我，我向他挥了挥手。我的意思是，"放心，我会按时回来。"

然而，当我赶到我在玛黑区应用艺术大学的样板间时，才发现小诺并不在工作室里。我围着我们所在的楼层找了几个来回，又给她拨了几十个电话，可就是找不到她。没办法，我顾不上她了，我必须立马拿上这些衣服上路。出租车还在门口打表等我，我不能让骄傲的法国人等太久。可是正当我要开门离开的时候，却发现刚刚还听话的样板间正门忽然打不开了。我使劲扭了扭把手，反方向又做了一遍同样的动作，但那大门依旧开不了。情急之下,我给郝亮打了电话,原本想着让他找学校保安来开个门。郝亮大概正在现场帮我"善后",没接到我的电话。我又推了几下门,找了一个别针来捅锁芯,踹了那个门一脚,一概无济于事。直到我闻到一股煳味飘了过来,我循着那烧焦的气味看到我们隔壁房间里的布料正在燃烧,我这时才意识到出了大事。有人敲门了!我听到声音马上往门口奔。但我在门口看到的不是保安,也不是郝亮,而是失踪了的小诺。

小诺穿着我这季压轴款的绸缎外罩、棉布里衬的白色晚礼裙,眼周有明显的泪痕。她将手轻轻贴在大门的玻璃上,我凑了过来,手对着手,跟她做着同样的动作。她还在哭,对着我小声地抽泣:"你总是那么幸运,程维爱你,文治爱你,老板们也爱你,甚至连姚秘书都喜欢你。可这次,抱歉,你就没那么幸运了。"她走之前又说道:"至少我就不喜欢你,我恨你。"

那一瞬间,我想喊却没有喊出来,仿佛在噩梦中被人扼住了喉咙。我知道求她是完全没用的,我必须接受这种结果,而我现在能做的就是找一条生路,活着,不要死。我急速、仔细地回忆,要是郝大小在我身边,如果她是我,她会怎么办?她一定会先环顾室内四壁,再找寻着每一个可能的出口。我替她看过了窗户、天花板,她替我寻找着地下室、狗洞和老鼠洞。她叠在我身上，我能感觉到她的呼吸。然而，我们的速度很快就变得缓慢起来。室内的气温越攀越高，令我觉得自己身处在撒哈拉沙漠的中央。我没有意识到，我背靠着门坐了下来，慢慢瘫倒在地上。我眯起眼睛，透过眼睫毛看见我画好的立体剪裁在郝大小身上逐一展现，衣服的轮廓精准、清晰，衣服的动态自然、飘逸。我看了许久，从未如此自豪地连连点头。我的父母推着外婆从客厅过来，也看起郝大小身上的衣服来。我沉沉地睡着了。就在距我手掌不足一丈远的地方，套着防尘袋的"MOSea"成衣被我以最后一丝气力，放到了一个高台之上。

蓝色火焰

"我是真心喜欢袁小馍的。"

两段声音在我脑海中盘旋，医生说，我可能出现了幻听，这是一氧化碳与血红蛋白结合之后生成了碳氧血红蛋白所致，他还说，如果我被送来的时间再晚半个钟，我体内的血红蛋白就会彻底丧失携氧的能力和作用，造成窒息……我听他唠叨的时候一直觉得奇怪，这法国医生怎么讲一口流利的普通话呢？他的话伴着接下来文治说的话，仿佛有人不知死地拿着火柴要点燃燃气灶，声音在纠缠、撕扯，灶台上猛地一喷，蓝色的火苗张牙舞爪地向我袭来。

文治播给我听的是他和无花果的一段对话录音：

"是你让小诺那么做的，是不是？"他说。

"有人想弄死袁小馍，你可赖不着我。那是她人品不好，到处结怨。别人看她不顺眼，我能有什么办法？"无花果说。

"你骗别人就算了，我还不知道你的那些手段。最早在心怡被你挤走的那些小网红，哪个真正碍着你了。你就是看不惯这个地球不是围着你转！"他说。

"你现在是心疼郝大小还是小诺啊？那些走掉的小网红，哪个不是小诺这样天天脑子里只想着'上位'的人？而且小诺完全没按我们说好的做，我说的是让她把我关起来，然后你带着直播团队来救我。这整件事再嫁祸到袁小馍那个绿茶婊身上。"她说。"我今天真是受够了，先是天蓬的人来问，紧接着就是你。"

"你只要答我，到底是不是你唆使小诺放火的？！"他提高了嗓门。

"你喊什么喊？我还纳闷呢，是我最初给了你钱，让你接近那女的套点她的黑料出来。你倒好，跟人家谈起恋爱来，我还没凶你呢。在我面前，还摆出一副情圣的架势，笑死人啦。"她说。

"我是真心喜欢袁小馍的。"

"老兄，别闹了，戏精上脑了啊。要是按你这个逻辑，我让小诺去接近你，小诺还爱上你了呢。"

"信不信我把你这些丑事全都抖出来？"

"我要是身败名裂了，袁小馍也会知道我就是你的那个'10086'，她就会明白口口声声说爱他的男人是个什么货色。"

"就是你安排的！纵火是刑事犯罪，别以为不在中国你就不用坐牢！"

"等等，等一下，你这是在录音吗？"

录音中传来一阵激烈的扭打声。

"你弄坏老娘的裙子了！妈的，这可是限量版！你疯了，那女的又没死，你这么生气干嘛！中国这么多网红，死了你再找一个啊！你找不到，老娘给你找！"

我没死吗？为什么我感到自己的身体轻飘飘的。

"她不是网红，她是袁小馍！妈的！"

我分不清躺在医院里的这一秒属于白天还是黑夜，又或许它是介于黑与白之间的某一度灰色。一场酝酿已久的风暴终于来临，这是一场不可避免的争吵。吵架的两方都不顾体面地高声喊叫，却也吵不出个结果。她承认了她就是纵火的主谋，可就像她说的，那又怎么样呢？

"你有种把我送进去啊！就算老娘在巴黎坐了牢，出来后还是一个网红。你不知道，我的粉丝有多么狂热，他们巴不得我红到发黑呢。多少人天天盘踞在网上，就是为了等着吃我的一个瓜，谢谢你送瓜给他们吃哦！"

我听到这里，眨了下眼。录音里断断续续地传来一阵狂笑，我这才想起郝大小曾经讲过的无花果的糗事——她在极端气愤时，会忍不住高声大笑。那声音听上去，仿佛你不经意触碰到一个电动的"吉尼奥尔"（法国木偶剧的发笑木偶），从它的身体里会发出一阵经久不息的震荡。

播完那段录音，文治无声无息地走了。他以为我没有意识，悄悄在我脸颊上亲了一下。我不想睁开眼，任性地在等那个人来。直到我看到一张熟悉的丰润光滑的面容，我以为是她，睁开眼后却疑惑着我的"她"怎么穿着一套结实的骆马毛西装？他端着一杯咖啡看书，法文版的《使女的故事》。他边看边想，女主人公和家人的阔别重逢，作家为了讨论宏大叙事下的渺小个体，用这么多的笔墨，这值得吗？我忽然喜欢上我身体里的新朋友——碳氧血红蛋白——它让我能够读到别人的心思。

郝亮见我醒了，第一时间冲出门去叫来了护士和医生。这不像优雅的他会做出来的行为，可他确实这么做了。我想他可能在时装周的某个afterparty（秀场结束后的社交聚会）上喝了太多法国老白干，脑子跟我一样"瓦塔"啦。"哗啦"闯进来一群人。那个会说中文的法国医生突然又不会讲中文了，他叽里咕噜地跟郝亮叙述了一大轮，我一个字都没听明白。

郝亮在一边频频点头。这时，我已经从床上爬了起来，费力地靠在了床头。我的头刚好卡在一个"全功能 ICU 呼吸机"控制板的下方。

"Comment vas-tu？"郝大小借我的嘴巴，跟他们说话。

"什么怎样？"那个医生又莫名其妙地蹦出一句中文。

"生活待你怎样？"只有郝亮把我说的这句话，完整地翻译给我听。

停顿了片刻。

我看到对面病床的法国女人正在照镜子。我冲着她的镜子挤挤眼，反光之中，我看到郝大小心不在焉地托腮凝思。

我摇晃一下，倒在床上，头摔到枕头上。

离找到她还有一晚

> 她总是希望成为一个与她性格完全不符的人,她想成为我,可我正在或者已经成为了她。

网络上传遍了我的走秀视频,不仅法国人在看,中国的网友也在同步看。几百万的网友就像守着美国时代广场在除夕夜注定要敲响的钟声一样——看着每一个从 T 台直线行走的模特,在她们的转弯中,期待我会从后台走上来双手托着她们的手,谢幕或者至少向观众鞠躬致谢。网友们喜欢我的谢幕方式。他们评论说,我既没有双腿朝前试图接近观众,表达希望得到更热烈掌声的诉求,也没有耸肩或者用手挡住脸,在扬名立万的时刻假意谦虚。我当时吸进了太多的一氧化碳，整个人浑浑噩噩地抬不起头，但即便如此，还是被郝大小搂着露了脸。我不确定搂着我的人是不是郝大小，但我的意识强行将她嵌入了那个瞬间。

我需要她。

那个视频我看了十几遍，没错，最后当主持人邀请设计师时，我的脑袋逗人好奇地从幕后伸了出来。只有一个脑袋，我顶着被烟雾熏得红扑扑的脸（碳氧血红蛋白占到人体的30%，人的皮肤会呈现出瓦斯中毒特有的樱桃红色），连眼睛都没睁一下。我的这个视频领跑了3周的抖音热点榜，不仅在榜单排名第一，还累积了一千多万人次的"在看"。跟着，就有人专门截出我"亮相"的那20秒，做成了表情包。怎么看，我在那些动图里都像个傻子。

刚开始看的时候，我还躺在病床上笑，后来的几遍，我就笑不出来了。那是我完全失去意识的20秒，但我又无比强烈地感觉到是郝大小举起了我的脸。我该在这里稍微交代一下我目前的生活。在我提到郝大小的这段时间里，我回到国内，住在心怡公司名下的一处用来避暑的房子里。我刚从一场"战役"中存活下来，没有死，而且还为公司赢得了跟 Ventile 公司的 5 年合约。姚秘书为我复述 Ventile 的负责人——那个难搞的英国佬的反应时，她整个人的声音都在颤抖。她说，她不是在煽情，她是在竭力模仿那个英国人在秀场的反应。那个英国人当时刚好坐在安娜·温图尔和川久保玲的中间,他觉得我给这个死气沉沉、越来越无趣的时装界投下了一枚"温柔的炸弹"。我刚从一场事故中康复,姚秘书只是帮忙转述他们的意思——他们愿意等我康复了再来中国拜访我,3个人结伴同行。

我住的这个房子是那种原生态景观的 Loft 木屋,房子四面分别对着桦树、山丘、小溪与草地。房子里有一个巨型的陶瓷浴缸,被人当作钢琴似的摆放在客厅的中央。我常常一个人在浴缸里泡澡,看着山丘后面的山丘,以及公路那一边的远山青黛。这样的山里,应该种满了红花、姜黄和何首乌。

我在乡间没有朋友,偶尔接到姚秘书的电话,跟她聊上两句家常。我只拜托了她一件事,就是安排我跟小诺通个电话。但她说,这可能有点麻烦,因为小诺现在人在巴黎西北郊区普瓦西的监狱里服刑,她可以试着安排我跟她通信。破天荒的,我给小诺的信在两个月后收到了回音。一个穿深绿色邮差服、皮肤黝黑的本地人将那封盖了巴黎邮戳的信稳稳地交到我手上。小诺,她是我留下的可以找到郝大小的唯一线索。可她只是回复道,她从不感到抱歉,郝大小的失踪与她毫无关系。她还写了一句话,大概是说她妈妈也曾被她爸爸关在家里,爸爸打开了瓦斯,忘记关了,那时她才只有 5 岁这样的话。姚秘书后来告诉我,小诺在跟我通完信之后精神状态变得更差了。

郝大小要是住在乡间,过这种与世隔绝的生活,不知道会不会不适应。坦白来讲,我很满意现在这种孤寂的生活。但我的天才女友是一个习惯了朋友的女人,她在岛屿和陆地两栖生活,拥有一大票讲世界语言的国际村朋友。她在上海这个自诩是宇宙中心看起来也很像宇宙中心的地方生活了多年,来到乡野应该是件很困难的事,她会不断地找我的不是,闹别扭,或者因为没办法买一条新款衣服而跟我置气。她也许不会。因为姚秘书说小灰找到了,它自己找去了外婆那里。小灰回来以后,我们仨可以很安静地吃饭,像从前那样吃面并且喝光面汤。她总是希望成为一个与她性格完全不符的人,她想成为我,可我正在或者已经成为了她。

我想我最应该问问我自己,她去了哪里?在姚秘书为我送来小灰的第二天,山里起了雾,屋子的一端很黑。我喂完小灰吃水煮三文鱼和新鲜芦笋以后,放了一池水,从脚尖到头顶一点点浸到浴缸里。莱昂纳德·科恩沙哑的嗓音从房间的另一端传了出来,像纷至沓来的叠叠潮水。接着,窗外就下起了小雨。

小灰一直在浴缸下面骚动。我起先以为它的荷尔蒙也被这歌声刺激了,或是被难得吃到的三文鱼撩动了。总之,它持续在地板上挠了很久。直到窗外的天气变得雷雨交加,小溪的水开始满溢出来，小灰叼着一张纸扒着我的浴缸，它的动静就好像出了什么紧急的事情。这是一张医院的病历，某个人病历的中间一页。我以为我看完这张纸之前，就会走到客厅尽头，换上另一张科恩的唱片。然而我看到一半时，浴巾坠落在地上。我捂着嘴惊慌失措地大哭。等我再次拿起那张纸的时候，我全身发抖。郝大小在病历纸的结尾用红色圆珠笔写道："知道这个病的人只有你，我曾经不怕被人说成是'疯子'，但我现在怕了，因为我在乎你，比在乎我的生命还要在乎。"

后记：半部之后 半部之前

我对"我"不感兴趣已经有一段时间了。

起初，我以为我得了什么"去自我化"的病，毕竟不鼓吹自己也不是一件多么值得鼓吹的事。而在西方哲学史上，"去中心化"更不是一件新鲜事，中心不断在位移，从神到人，后来中心在后现代语境中被解构掉了，我们如今看上去已经接受了没有中心的碎片化的生活。所以对于这样一个阶段的"我"，以第一人称来写"我"的故事是非常困难的。尤其是写一个19岁女孩的故事，她在千禧年后出生，活在现实与虚拟网络的双重空间里，莫名其妙地成为一名网红，又在难以认同网红这个身份的过程中不断挣扎。

社会中的人，正如"网红"中的网红，某种程度上是在周边人的目光中被形塑成了所谓的"网红"。换句话说，网红以及寓居在网络上的其他存在者,其自身并不带有任何贬义的色彩。袁小馍的纯真,似乎是在还原"网红"这个词汇,剥落附加在它身上的价值。如果不讨论文化语境里的"网红",单看这个故事,袁小馍是通过网红进行了一次自身的探索。她的巡礼之年,正是由此开始。与许多初来乍到、刚刚步入社会的年轻人一样,她就像是一张白纸。她先后遇到了郝大小、姚秘书、无花果、郝亮、文治这些书中的主要人物,并在郝大小的帮助下成为了一名打破传统意义的网红——一名具有网络流量的服装设计师。

网络经验作为一种虚拟的经验,在被书写时,自身总是挣扎着要出走和逃逸。这种感觉就像是在正午的沙漠中心,偏要用手捕捉一阵风。那风是辛辣的,但捕风这件事本身就值得怀疑。我在成为"我"的过程中,首先遭遇的就是处理虚拟网络经验这个问题。例如,"微博热搜榜""Instagram""绿茶婊""知乎网友""直播""黑料"这些比较常见的互联网用语。同时也有与网红经济产业相关的诸如"MCN"和"PGC"等词。这种层层相扣、不断递进的"行业黑话"成为了这本小说语言的一部分。而这种语言因其随意性又时时消解着严肃的文学语言本身,某种意义上,像极了郝大小与袁小馍这对主人公——她们虽然像拼图一般互补着彼此的世界,但同时又是两个独立的个体。

她们之间的关系，在一年的时间内，多数时候停在了夏天。无论是出梅入伏的初夏，还是汗津津的盛夏，她们都在一种湿度里寻觅度量着与对方的距离。湿气像看不见的迷雾，向她们飘来。我曾想过让这故事发生在北京，但北京没有上海这种湿度，也就没办法勾连出她们语焉不详的关系。你会发现，看到小说的最后，冬日的阳光依旧刺眼，到了正午，人会像黄油，悄然无声地融化。郝大小失踪以后，袁小馍对她的记忆也在时间中融化，但是她对她的感觉却愈发清楚。她不时想起她说过的话，虽然总是稀疏零落的句子，但却忍不住总是折回到她们相遇的时间地点，她想着她，想着她说过的——"如果海洋可以完完全全属于我，那我就可以限制你、限制任何人，不让他们进入我的领地""Proud of you（为你骄傲）"，或是"'法租界'的阳光跟法兰西的阳光一样舒服"。

　　为了留住夏天，书中出现了许多与潮湿相关的描写，有的是意象，但更多是具体的细节，例如岛屿、海、森林、薄雾和通过梧桐树叶的隙缝透射下来的阳光。袁小馍总是浅浅地笑，她对待情感比较克制。而郝大小却是恨不得爬到树上仰天长啸，看上去喜欢活在风暴的中心。故事里，19岁、20岁的女孩，她们的生命轨迹清晰而明朗，活得很用力。缺了她俩中的任何一个，这个故事都没法讲下去。虽然我讲到一些位置，能够感觉到，我的心里满是烟雾。

你也许会问，郝大小究竟得了什么病？她去了哪里？还会回来吗？的确，她的消失就像突然之间清空了舞台，掌声骤停，所有人面面相觑，不知所措。这让袁小馍在下半部故事中不得不替我们寻找郝大小。有些读者想象力丰富，展开了这样的思绪：他们认为，袁小馍和郝大小根本就是一个人，通篇故事讲述的不过是一个精神分裂症患者的臆想。我倒是不介意，在下一本书的开篇让大家看到穿着粉色病号服接受精神病治疗的郝大小。只是我担心，她大概率不会喜欢粉色的病号服，我们也没必要因为急着见她就逼着她上台。在没有她的日子，我们只要记得她钻石般闪亮的眼睛就好，她有着不合时宜的独特气质——总是热泪涟涟地将与她对话的人，留在她的话语里。那么这么说，寻找郝大小算是一种面向未来的怀旧吗？她用她蹩脚的幽默感影响着袁小馍，一起抵制着来自"时代"的逆境，倒是莫名有了一种奔赴遥远战场的气魄。她的可爱不是来自她的出身、衣着和品位，而是她这种赋予别人能量的能力——让袁小馍、姚秘书乃至无花果，都能在记忆中找到她们昔日的美好事物。从这种意义上来看，下半部会延续上半部的故事，但是故事的色调和人物的感情都更加沉郁。

我年幼时也像袁小馍和郝大小一样崇拜"时代"，长大一点后转而关心时代更迭的问题。我在美国东岸做访问学者的这一年里，经常搭错车，坐上驶往反方向的火车。车影憔悴，灯光昏暗，即便在白天，也让人以为是夜晚。火车经过刚下完雪的新英格兰土地，隆隆地驶向最南端的华盛顿。车厢售票员，一个戴白色边框眼镜的白人中年男子，告诉我："你坐错了车，下一站至少要在Stamford（斯坦福德），一小时之后。"而我陷入愕然的一瞬间，起先是因为听成了"Stanford（斯坦福）"而盘算起来从东岸到西岸怎么可能一个小时车程，后来才意识到自己搭错了车。坐在我身边的白人女子说："太好了，你不用去波士顿开会了，你可以去纽约玩一天。斯坦福德就在纽约旁边。"这是一个皮肤光滑的女孩，过于光滑，以至于她下巴上的痘痘显得格外刺眼。那个时候，我才发现，我一直都坐在"时代"的列车上，迷茫也好，困苦也罢，都像一种模棱两可的问号永远地留在我的脑海里。袁小馍和郝大小固然是一对双生花，她们都由祖辈养大，却又在一个故事中延展出我作为作者也无法控制的同谋。她们的世界，大概只有她们自己能懂吧。我在现实世界下车，这之后我唯一笃定的是，如果那个劝我去纽约的女孩今晚能够顺利到家，她将在晚饭吃炖牛肉的时候告诉她的母亲，自己在火车上遭遇了一个瞪圆眼睛惶恐不安的黄皮肤女孩。

一个问号、一种祈祷、一次布告，我感觉"我"在"时代"的背面挖了一个洞，赶在"时代"打盹休息的时候，我将我的人在洞里一字排开。我还要感谢与这故事重叠的现实世界里的人,支持我写作的"我的人"——我的父亲母亲,我的编辑韩旭以及团结出版社的同人,我的读者,以及质疑我是否能够再写十年的朋友。写作是孤独的旅行,我时常感觉到自己是蹲在漫无边际的荒原,等待一两只蚱蜢发出"嗡嗡"的叫声。盛夏,兴许不是,那声音让你难辨真假。在一个湖泊闪闪似镜的地方,我捧着一个蓝色的火苗,摇摇晃晃地走进迷雾,跳上了车。

2020 年 1 月 18 日于美国罗德岛